VERSION ORIGINALE 1

Méthode de français | Livre de l'élève

Monique Denyer
Agustín Garmendia
Marie-Laure Lions-Olivieri

Avant-propos

La méthode *Version Originale* a été conçue en fonction des toutes dernières évolutions de la didactique des langues-cultures.

En 2001, le *Cadre européen commun de référence pour les langues* définit ainsi la nouvelle « perspective actionnelle » :

« La perspective privilégiée ici est […] de type actionnel en ce qu'elle considère avant tout l'usager et l'apprenant d'une langue comme des acteurs sociaux ayant à accomplir des tâches (qui ne sont pas seulement langagières) dans des circonstances et un environnement donné, à l'intérieur d'un domaine d'action particulier. Si les actes de parole se réalisent dans des activités langagières, celles-ci s'inscrivent elles-mêmes à l'intérieur d'actions en contexte social qui seules leur donnent leur pleine signification. »

Version Originale se situe résolument dans la lignée de *Rond-Point* (Difusión FLE-Éditions Maison des Langues, 2004), premier cours de FLE à suivre cette nouvelle perspective. Mais *Version Originale* met en plus à profit l'expérience de cette première collection ainsi que les réflexions et propositions didactiques de ces toutes dernières années. Les didacticiens de langues-cultures ont pu en effet, depuis la publication du *Cadre européen*, mieux penser les implications concrètes du passage de la perspective de l'agir communicationnel à la nouvelle perspective de l'agir social. Elles peuvent être résumées par les cinq évolutions suivantes.

1. De l'unité de communication à l'unité d'action

Dans l'approche communicative, la cohérence de l'unité didactique se situait au niveau de l'unité de communication donnée par le dialogue de base, où les mêmes personnages parlaient dans le même lieu d'un même thème de conversation pendant un temps déterminé. Dans la perspective actionnelle, c'est l'unité d'action.

Cette unité d'action est clairement affichée dès la première page de chaque unité de *Version Originale* en termes de compétence, c'est-à-dire de capacité à réaliser une action déterminée en langue étrangère :

▶ « *À la fin de cette unité, nous serons capables de…* » + action.
Exemples : « créer des affiches en français », « présenter un camarade de classe », « décrire notre quartier idéal ».

C'est en fonction de cette action, pour y préparer les apprenants, que sont préalablement travaillés les contenus linguistiques de l'unité, annoncés eux aussi dès cette première page :

▶ « *Pour cela nous allons apprendre à…* » + points de grammaire notionnelle-fonctionnelle (notions et actes de parole).
Exemples : « exprimer la quantité », « s'informer sur la fréquence, l'heure, le moment et la durée », « donner son avis sur la façon de s'habiller ».

▶ « *Nous allons utiliser…* »
• + points de grammaire morphosyntaxique.
Exemples : « les articles définis », « les adjectifs possessifs », « le présent des verbes en -er », « les verbes pronominaux ».
• + champs lexicaux.
Exemples : « le lexique de la famille », « le lexique des aliments », « les adjectifs de nationalité », « les adjectifs de couleur ».

▶ « *Nous allons travailler le point de phonétique suivant…* ».
Exemples : « le « e » muet », « la prononciation des nasales ».

2. De la centration sur l'apprenant à la centration sur le groupe

Le « nous » n'est pas utilisé par hasard dans cette présentation initiale des unités didactiques de *Version originale* : à la centration sur l'individu que privilégiait l'approche communicative, la perspective actionnelle, parce que son objectif est la formation d'acteurs sociaux, ajoute tout naturellement la centration sur le groupe-classe. C'est pourquoi dans *Version originale*, à côté des activités individuelles et des activités inter-individuelles

Avant-propos

(par paires), caractéristiques de l'approche communicative, apparaissent des activités à faire par groupes de trois ou plus, et des activités en grand groupe.

Exemples : dans l'Unité 1, on demande à la classe de se diviser en trois groupes pour réaliser trois affiches pour décorer les murs de la classe. Dans l'Unité 3, la consigne de la tâche finale est la suivante : « Par groupe, imaginez un quartier idéal. [...] Maintenant, dessinez un plan et décrivez votre quartier à la classe. Vos camarades peuvent poser des questions, car ils vont décider dans quel quartier ils aimeraient vivre. »

3. De la simulation à la convention

L'une des évolutions didactiques les plus importantes apparues dans le *Cadre européen* est le fait que les apprenants en classe soient désormais considérés comme des acteurs sociaux à part entière (voir citation plus haut). Dans *Version originale*, aussi bien pour les tâches qu'ils vont réaliser à la fin de chaque unité que pour les exercices centrés sur la langue, de la rubrique « À la découverte de la langue », l'enseignant va demander aux apprenants d'utiliser le français : mais ceux-ci vont le faire non pas en faisant comme s'ils étaient des Francophones ou comme s'ils parlaient à des Francophones – comme on le leur demandait dans les simulations de l'approche communicative – mais en tant qu'apprenants d'une autre langue maternelle qui ont *convenu* entre eux et avec leur enseignant de parler français en classe parce que cela est nécessaire pour leur apprentissage du français. Cette *convention* fait partie de ce que l'on appelle en pédagogie le *contrat didactique*, qui est passé implicitement ou explicitement entre les apprenants et l'enseignant avant le début du cours.

4. De la compétence communicative à la compétence informationnelle

La « compétence informationnelle », c'est l'ensemble des capacités à agir sur et par l'information en tant qu'acteur social. Cette compétence exige, comme l'explique J.R. Forest Woody Horton dans un document intitulé *Introduction à la maîtrise de l'information* publié en 2008 par l'UNESCO, des activités aussi bien en amont de la communication (prendre conscience d'un besoin d'information, identifier et évaluer la fiabilité de l'information disponible, sélectionner l'information pertinente, créer l'information manquante...) qu'en aval (savoir évaluer l'efficacité de l'information transmise, préserver l'information éventuellement nécessaire à d'autres plus tard en la mettant constamment à jour...).
Dans *Version Originale*, cette diversification des activités de traitement de l'information par rapport à la seule communication s'opère mécaniquement dans les tâches proposées à la fin de chaque unité didactique, parce qu'elles sont complexes. C'est le cas dès l'Unité 1 :

▸ Pour réaliser les trois affiches demandées, les apprenants sont d'abord invités à sélectionner l'information, en l'occurrence à choisir « les phrases et les questions utiles en français » ainsi que « les mots importants pour [leur] classe ».

▸ La communication est assurée par l'affichage sur les murs de la classe.

▸ La suggestion finale (« Vous allez pouvoir compléter ces affiches pendant toute l'année. » correspond bien à deux actions *sur* l'information (préservation et mise à jour) réalisée après la communication, et à des fins collectives.

5. De l'interculturel au co-culturel

Dans l'approche communicative, l'accent était mis, en ce qui concerne la culture, sur les phénomènes de contact, chez chacun des apprenants, entre sa culture et la culture cible, c'est-à-dire sur les *représentations* qu'il se faisait de cette culture étrangère. La perspective de l'agir social, parce qu'elle considère les apprenants comme des acteurs sociaux engagés dans un projet commun, impose un enjeu culturel supplémentaire, celui de l'élaboration en classe d'une culture commune d'enseignement-apprentissage, c'est-à-dire d'un ensemble de *conceptions* partagées de ce que c'est qu'apprendre et enseigner une langue-culture étrangère. Dans l'Unité 5, *Version Originale* propose ainsi une série d'activités de réflexion collective sur les stratégies d'apprentissage (p. 74), mais il reviendra à l'enseignant, à chaque fois qu'il le jugera opportun, d'insérer ce type d'activité au cours du travail sur chacune des unités de ce manuel.

Version originale est donc un cours de langue... original parce qu'il a été conçu en fonction de l'évolution actuelle de la didactique des langues-cultures. Je ne doute pas qu'il soit de ce fait un instrument efficace aux mains des apprenants et des enseignants.

Christian Puren
Professeur émérite de l'Université Jean Monnet (Saint-Étienne, France)

Introduction

VERSION ORIGINALE : L'ACTIONNEL POUR TOUS !

Version Originale s'adresse à des apprenants de Français Langue Étrangère, grands adolescents et adultes.

Huit unités pour que l'apprenant se lance dans la langue française avec un professeur qui l'aide à prendre en main son apprentissage et à devenir autonome pour agir en français.

Chaque unité de **Version Originale** présente la structure et les atouts suivants :

1. PREMIER CONTACT
- L'image et les **documents proposés** invitent l'apprenant à un **premier contact** avec certains aspects de la **réalité française.**
- Il est mis en rapport avec les **premiers mots français et les expressions utiles** pour désigner cette réalité.
- Il approche la langue française de façon **intuitive** en mobilisant ses connaissances préalables dès que cela est possible.

2. TEXTES ET CONTEXTES
- À partir de documents oraux et écrits, mais aussi à partir d'illustrations ou d'images, l'apprenant est amené à réagir et à échanger avec ses camarades.
- **Une série de documents** (oraux, écrits ou iconiques) lui permet de développer plus particulièrement les compétences de compréhension.
- Grâce à ces documents, il se familiarise avec une série **d'outils linguistiques** (lexicaux, grammaticaux, textuels...) nécessaires à la réalisation de la **tâche** qui est l'objectif de l'unité.

3. À LA DÉCOUVERTE DE LA LANGUE
- L'apprenant observe d'abord **des productions langagières** centrées sur une **ressource linguistique particulière** (grammaticale, lexicale ou phonétique) en se concentrant sur le sens.
- Il essaie ensuite de **comprendre le fonctionnement de cette ressource** et de **construire une règle. Ce travail se fait en coopération** avec d'autres apprenants ou avec le professeur.
- L'apprenant **applique ensuite cette règle** dans des **productions personnelles.**

Cette démarche d'observation, puis de compréhension et d'application a pour objectif de faciliter l'apprentissage, tout en favorisant l'autonomie.

4. OUTILS
- Cette page propose une **conceptualisation des outils** de l'unité et sert à **vérifier et redéfinir les règles** que l'apprenant a construites.
- Des explications grammaticales plus développées et classées par catégories linguistiques se trouvent aussi dans le *Précis de grammaire*, situé à la fin du manuel.

5. OUTILS EN ACTION ET... TÂCHES
Une série de **tâches intermédiaires** très variées impliquent l'usage en contexte d'une partie des ressources linguistiques travaillées dans l'unité.
- Ces **tâches intermédiaires** débouchent sur une **tâche finale plus globale et complexe**, dans laquelle l'apprenant mobilise les ressources de l'unité **en autonomie**. Cette tâche finale met en œuvre des **activités langagières** telles que la compréhension, l'interaction et la production. Elle exige un travail de coopération et a pour résultat une production finale.
- Parallèlement à chaque unité de la méthode, le site www.versionoriginale.difusion.com propose des tâches web 2.0 motivantes à forte dimension interculturelle et permet ainsi aux apprenants d'échanger et de communiquer sur Internet avec les autres utilisateurs de la méthode.

6. REGARDS SUR...
- Ces documents apportent un regard actuel sur le monde de la francophonie et aident à mieux comprendre la réalité culturelle et sociale des pays francophones.
- La section *On tourne !* est consacrée au DVD qui accompagne *Version Originale* et propose des activités de compréhension et de réflexion interculturelle à partir de reportages sur la vie quotidienne francophone tout en reprenant les thématiques développées dans chaque unité.

PRÉPARATION AU DELF
Toutes les deux unités, une double page consacrée à la préparation du DELF A1 propose des activités de préparation par épreuve. Elle présente aussi les épreuves de l'examen et donne des conseils utiles.

JOURNAL D'APPRENTISSAGE
Toutes les deux unités, le journal d'apprentissage permet à l'apprenant d'évaluer ses connaissances et ses compétences acquises au cours des deux unités et de réfléchir à l'évolution de son apprentissage.

Dynamique des unités

STRUCTURE DU LIVRE DE L'ÉLÈVE

- 8 unités de 12 pages chacune
- 4 doubles pages de préparation au DELF
- 4 doubles pages de journaux d'apprentissage
- Des cartes de la francophonie et de différents pays francophones.
- Un précis grammatical
- Des tableaux de conjugaison
- Les transcriptions des enregistrements et du DVD
- Un index analytique

LES PAGES D'OUVERTURE DE L'UNITÉ
J'observe et je note.

- Le thème
- La tâche / le projet
- Les compétences développées
- Les ressources utilisées
- Le point de phonétique étudié

Ce pictogramme indique que l'activité comprend un document audio et donne le numéro de la piste du CD sur laquelle est enregistré le document.

TEXTES ET CONTEXTES
Je réagis et j'échange avec mes camarades.

Ce pictogramme indique qu'il est possible d'utiliser un dictionnaire. Je peux construire de manière autonome mon propre lexique.

Les textes en rouge sont des échantillons de productions et d'interactions orales. Il s'agit d'amorces qui peuvent m'aider pour mes propres productions.

Dynamique des unités

À LA DÉCOUVERTE DE LA LANGUE
Je lis, j'observe et je comprends.

Ce pictogramme indique que je vais développer des stratégies d'apprentissage.

OUTILS
Je vérifie mes connaissances.

Je construis ma grammaire.

J'écoute, je reconnais ou je prononce des sons.

OUTILS EN ACTION… ET TÂCHES
Je mets mes connaissances en action avec un camarade et nous construisons un projet pour le présenter à la classe.

Les textes en bleu sont des échantillons de productions écrites.

6 | six

Dynamique des unités

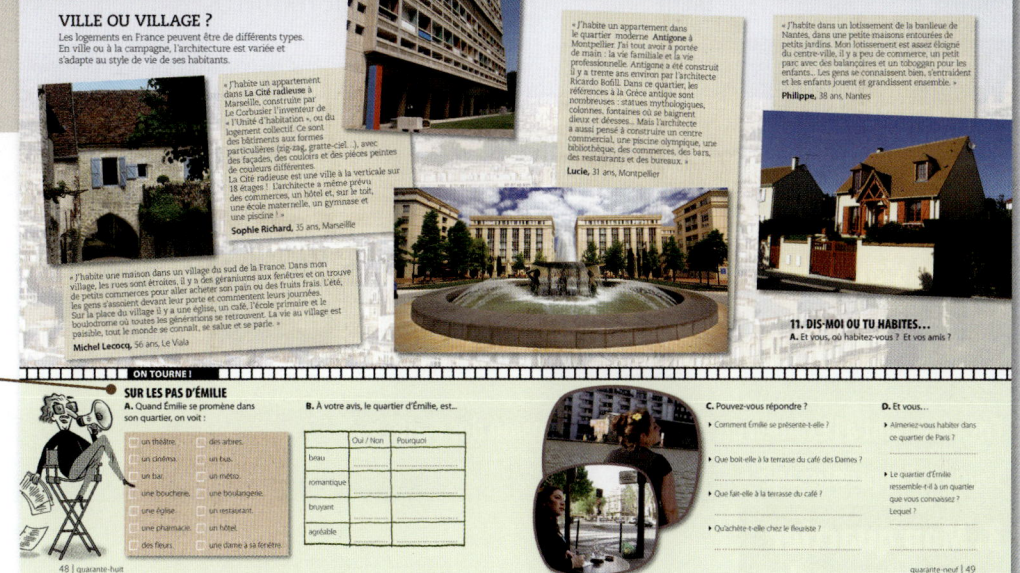

REGARDS SUR...
Je lis, je regarde, j'observe et je compare avec mon pays.

Je regarde la vidéo et je réagis.

PRÉPARATION À L'EXAMEN DU DELF A1
Je m'entraîne au DELF en travaillant chaque compétence.

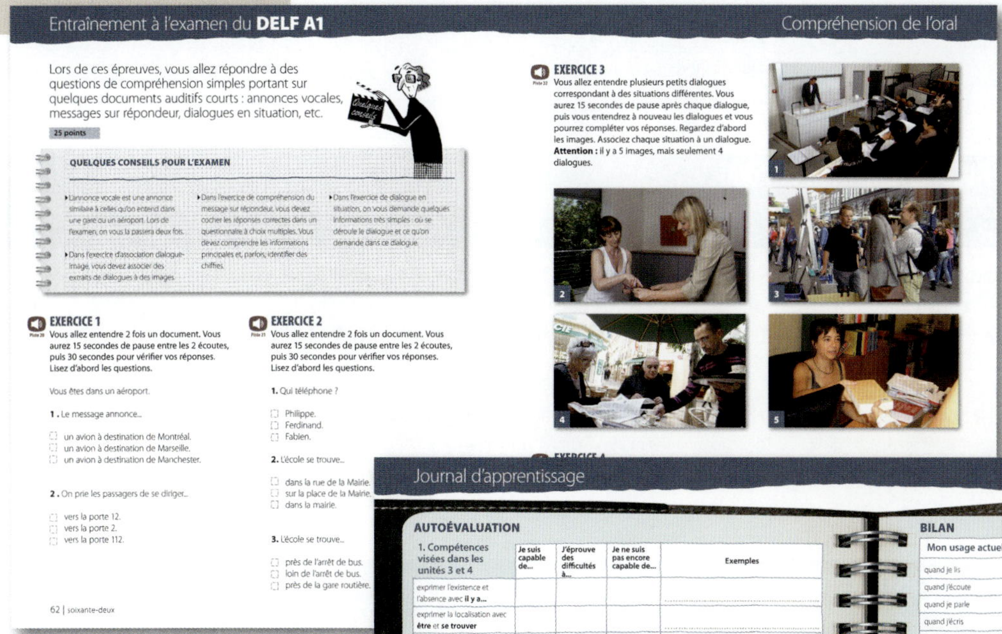

JOURNAL D'APPRENTISSAGE
Je fais mon bilan.

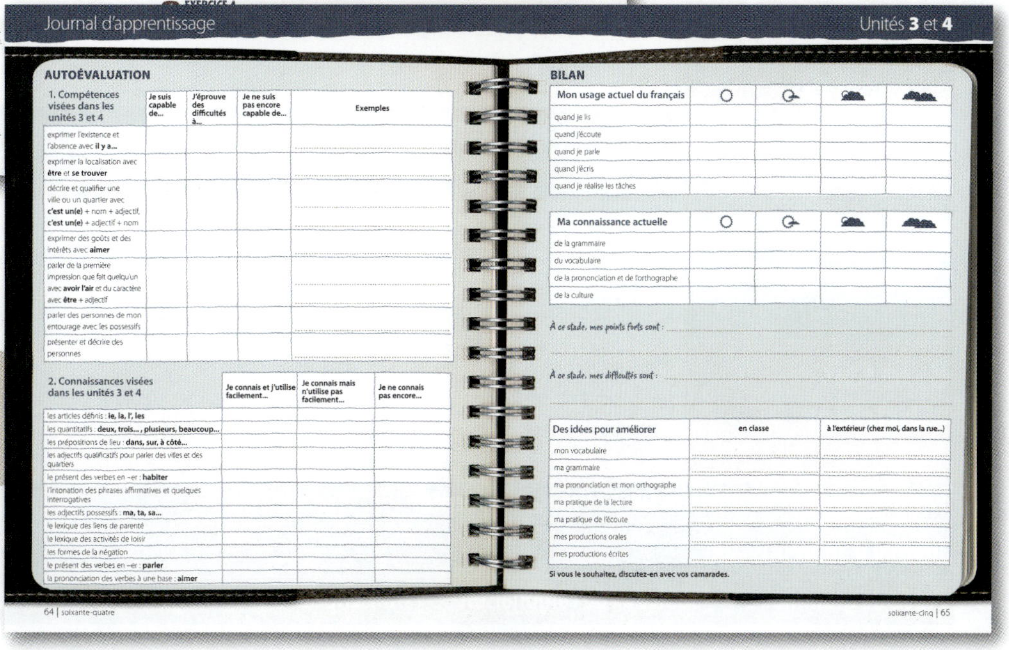

Tableau des contenus

UNITÉ	TÂCHE	TYPOLOGIE TEXTUELLE	COMMUNICATION
1. Parlez-vous français ?	Créer des affiches utiles pour la classe de français	• Extrait de dictionnaire • Conversations à la réception d'un hôtel • Dépliant touristique • Horaires de bus • Billet de train • Publicités d'hôtel et de restaurant • Enseignes • Panneaux d'informations	• Saluer • Se présenter • Communiquer en classe • Épeler • Différencier le tutoiement du vouvoiement • Consulter le dictionnaire • Appliquer des stratégies de lecture
2. Elle s'appelle Laura	Présenter un camarade de classe	• Documents d'identité • Conversations au secrétariat d'une école • Post-it • Fiches d'identité • Liste de classe	• Se présenter ou présenter quelqu'un • Demander et donner des renseignements personnels • Exprimer des objectifs • Compter • Se renseigner sur la nationalité

Entraînement à l'examen du DELF : Compréhension des écrits

Journal d'apprentissage

UNITÉ	TÂCHE	TYPOLOGIE TEXTUELLE	COMMUNICATION
3. Mon quartier est un monde	Décrire notre quartier idéal	• Cartes de visite de magasins • Article de presse • Conversations sur les curiosités d'une ville • Guide touristique • Site Internet • Album photos	• Localiser • Décrire et qualifier une ville ou un quartier • Exprimer la quantité
4. Tes amis sont mes amis	Décider qui nous souhaitons inviter en classe	• Légendes de photos • Articles de magazine • Blog • Messages oraux postés sur un site • Interviews • Chat • Site de rencontres • Devinettes	• Parler de ses goûts, de ses intérêts et de ses loisirs • Parler de la première impression produite par quelqu'un et de son caractère • Parler de son entourage

Entraînement à l'examen du DELF : Compréhension de l'oral

Journal d'apprentissage

UNITÉ	TÂCHE	TYPOLOGIE TEXTUELLE	COMMUNICATION
5. Jour après jour	Faire une enquête sur nos habitudes et remettre des prix à des camarades de classe	• Tests • Jeu de connaissances • Agenda • Conversation: parler d'une journée type de quelqu'un • Questionnaire d'enquête • Informations statistiques	• Parler de nos habitudes • exprimer l'heure • Informer sur l'heure, le moment, la fréquence • Parler de séquences d'actions
6. On fait les boutiques ?	Modifier le look d'une personne grâce aux achats réalisés au marché de la classe	• Site Internet de vente de vêtements • Liste • Extraits de magazines de mode • Script d'une scène de film • Conversations sur le temps qu'il fait • Conversations sur la tenue vestimentaire	• S'informer sur un produit • Acheter et vendre un produit • Donner son avis sur la façon de s'habiller • Parler du temps qu'il fait

Entraînement à l'examen du DELF : Production orale

Journal d'apprentissage

UNITÉ	TÂCHE	TYPOLOGIE TEXTUELLE	COMMUNICATION
7. Et comme dessert ?	Créer un menu pour inviter des Français chez nous	• Menus • Listes de courses • Conversations de transaction dans des restaurants • Test • Articles de presse • Extrait de guide touristique	• Donner et demander des informations sur des plats et des aliments • Commander et prendre la commande dans un restaurant • Exprimer la quantité • Situer une action dans le futur
8. Je sais bricoler	Décrire nos compétences et nos savoirs pour proposer nos services à nos camarades	• Test d'orientation professionnelle • Chapeaux de presse • Extraits de biographies • Articles de presse • Petites annonces • Conversations sur les étapes de la vie	• Parler de faits passés • Parler de nos expériences et de ce que nous savons faire

Entraînement à l'examen du DELF : Production écrite

Journal d'apprentissage

Précis de grammaire 123 | **Tableaux de conjugaison** 136 | **Transcriptions des enregistrements et du DVD** 142 | **Cartes** 152 | **Index analytique** 156

Tableau des contenus

RESSOURCES GRAMMATICALES	RESSOURCES LEXICALES	PHONÉTIQUE	COMPÉTENCES INTERCULTURELLES	
• Les pronoms personnels sujets • L'alphabet • Le genre des noms • Les articles indéfinis • Les verbes en -er au présent (s'appeler)	• Les formules de salutation • Les nombres de 1 à 20 • Le lexique des objets de la classe • Quelques pays francophones	• L'alphabet phonétique • La prononciation de quelques voyelles	• Sensibiliser l'apprenant sur des éléments francophones (audios et graphiques) déjà connus • Éléments d'information sur la francophonie : fiche d'identité sur le Canada, la Suisse, la Belgique et la France. • *On tourne ! Paris*. Un tour de la Ville Lumière en images et en musique.	10
• Être et avoir au présent • Les verbes en -er (travailler) au présent • Les adjectifs de nationalité • L'interrogation	• Le lexique de l'identité • Les adjectifs de nationalité • Quelques métiers et secteurs professionnels • Le lexique de l'expression des goûts et des intérêts • Les chiffres de 21 à 100	• L'opposition masculin / féminin des adjectifs	• Quelques célébrités francophones • Les prénoms francophones en fonction des époques • *On tourne ! Le monde d'Hélène* La journée type d'une architecte	22
				34
				36
• Le présent du verbe vivre • les articles définis • Les quantifiants • Il y a / il n'y a pas • Les articles définis • Les prépositions de lieu • Les adjectifs qualificatifs	• Les prépositions de localisation • Le lexique des sites, établissements et services d'une ville	• L'intonation • L'opposition [ə] et [e] le / les	• Les différents types de logements en France • *On tourne ! Sur les pas d'Émilie*. Émilie nous fait découvrir son quartier	38
• Le présent des verbes en -er • Le présent du verbe faire • Les formes de la négation • Les adjectifs possessifs	• Avoir l'air • Le lexique du caractère • Le lexique des loisirs • Faire du / de la / de l' / l' • Le lexique de l'expression des goûts • Le lexique des liens de parenté	Prononciation des verbes à une base au présent	• Les 10 personnes les plus aimées des Français • *On tourne ! Fan de…* Micro-trottoir avec des fans de musique	50
				62
				64
• Les verbes pronominaux au présent • Le présent des verbes aller et sortir • Moi aussi / moi non plus / pas moi / moi si	• Le lexique des heures • Les moments de la journée, les jours de la semaine • Le lexique des actions quotidiennes • Les adverbes et locutions de fréquence	• le [ə]	• Données sur la routine d'un travailleur urbain • *On tourne ! Zen au quotidien*. Gérard partage sa passion pour le Qi Gong	66
• Les adjectifs interrogatifs • Les adjectifs démonstratifs • Le genre et le nombre des adjectifs de couleur • Le verbe prendre au présent	• Le lexique des vêtements et des objets courants • Le lexique des couleurs, de la taille, de la matière	• Le féminin des adjectifs de couleur	• Quatre exemples de produits de consommation français intemporels • *On tourne ! Chiner à Bruxelles*. Le monde de la brocante en Belgique	78
				90
				92
• Les pronoms COD • Le futur proche : aller + infinitif • Les partitifs	• Le lexique des aliments • Le lexique des quantités	• Les voyelles nasales	• Les repas des Français. • *On tourne ! Les secrets du Roquefort*. L'univers mystérieux de la fabrication du Roquefort	94
• Le passé composé • Les marqueurs temporels du passé	• Le lexique des récits de vie • Le lexique des savoirs et des compétences • Les verbes savoir, pouvoir et connaître • Les adjectifs qualificatifs	• Les liaisons	• Le monde des bénévoles en France • *On tourne ! Ici et là-bas*. Témoignage d'un Tunisien installé en France depuis 40 ans	106
				118
				120

neuf | 9

1

Parlez-vous français ?

À la fin de cette unité, nous serons capables de créer des affiches en français pour la classe.

Pour cela, nous allons apprendre à :
- saluer et se présenter
- épeler en français
- communiquer en classe
- utiliser des stratégies pour comprendre un texte en français
- différencier le tutoiement du vouvoiement

Nous allons utiliser :
- le présent des verbes en –er (s'appeler)
- l'alphabet
- les pronoms personels sujets
- les articles indéfinis
- les nombres de 1 à 20

Nous allons travailler le point de phonétique suivant :
- la prononciation des voyelles

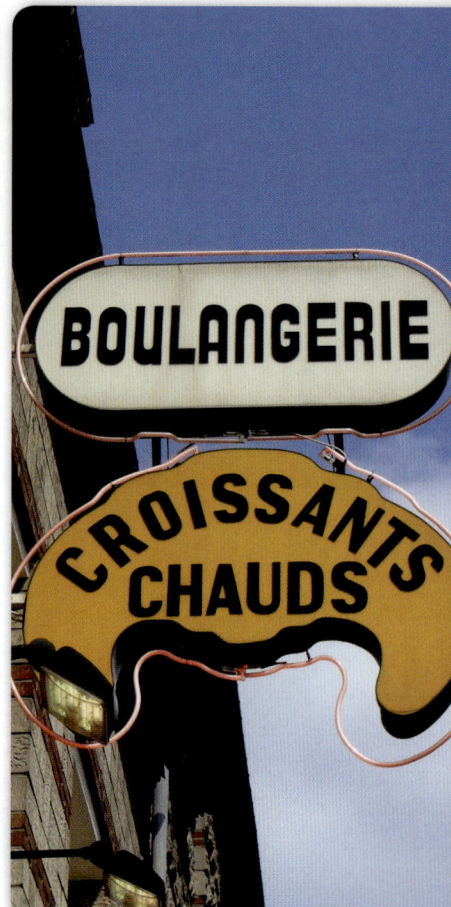

10 | dix

Premier contact

1. BIENVENUE
Vous connaissez des mots français, n'est-ce pas ? Regardez les photos et repérez ces mots.

1 | Textes et contextes

2. BONJOUR TOUT LE MONDE

A. Votre professeur de français ne vous connaît pas encore. Présentez-vous.

- Bonjour Madame / Monsieur, je m'appelle Laura Bosch.
- Bonjour Laura. Et vous ?
- Bonjour Madame / Monsieur, je m'appelle Hans.
- Hans comment ?
- Hans Zimmermann.

B. Notez votre prénom sur un carton et placez-le devant vous.

3. B COMME BERNARD

Voici l'alphabet français. Connaissez-vous des prénoms ou d'autres mots français qui commencent par chacune de ces lettres ?

a. [a] comme Amélie	**j.** [ʒi] comme Juliette	**s.** [ɛs] comme Sophie
b. [be] comme Bernard	**k.** [ka] comme Karine	**t.** [te] comme toilettes
c. [se] comme Cécile	**l.** [ɛl] comme Léo	**u.** [y] comme Ulysse
d. [de] comme	**m.** [ɛm] comme	**v.** [ve] comme ....
e. [ø] comme Eugénie	**n.** [ɛn] comme Nicolas	**w.** [dublǝve] comme Willy
f. [ɛf] comme fruits	**o.** [o] comme Olivier	**x.** [iks] comme Xavier
g. [ʒe] comme Gérard	**p.** [pe] comme	**y.** [igʀɛk] comme Yves
h. [aʃ] comme Hélène	**q.** [ky] comme Quentin	**z.** [zɛd] comme Zoé
i. [i] comme	**r.** [ɛʀ] comme	

Textes et contextes | 1

4. SÉVERINE, STÉPHANE, MONIQUE ET PHILIPPE

A. Ces quatre personnes vont vous accompagner dans ce manuel. Écoutez comment elles se présentent et notez leurs noms de famille.

1. Stéphane ....
2. Séverine ....
3. Monique ....
4. Philippe ....

B. À votre tour, dites à vos camarades comment vous vous appelez et épelez votre nom ou votre prénom.

- Je m'appelle Fabio Ceruti, C, E, R, U, T, I.

5. CHAMBRE NUMÉRO 15

A. Voici les chiffres de 1 à 20. Écoutez-les et essayez de les retenir.

1	un	8	huit	15	quinze
2	deux	9	neuf	16	seize
3	trois	10	dix	17	dix-sept
4	quatre	11	onze	18	dix-huit
5	cinq	12	douze	19	dix-neuf
6	six	13	treize	20	vingt
7	sept	14	quatorze		

B. Les clients de cet hôtel arrivent à la réception. Quel est leur numéro de chambre ?

treize | 13

1 | À la découverte de la langue

6. TROIS MOTS IMPORTANTS POUR MOI

A. Pensez à trois mots importants pour vous. Savez-vous les dire en français ? Cherchez dans le dictionnaire ou demandez à votre professeur.

- Comment on dit « love » en français ?
- Amour.
- Comment ça s'écrit ?
- A, M, O, U, R.

B. Présentez vos mots au reste de la classe.

- Voyager, amour, argent.
- Argent, qu'est-ce que ça veut dire ?

LES MOTS POUR AGIR

- **Comment on dit « ciao » en français ?**
- **Comment ça s'écrit ?**
- **« Ami »**, **qu'est-ce que ça veut dire ?**

7. LA SALLE DE CLASSE

A. Pouvez-vous nommer les objets de la classe ? Si besoin, aidez-vous du dictionnaire. En français, tous les noms ont un genre : masculin ou féminin (*m.* ou *f.* dans le dictionnaire).

book
n. m. livre

Cadeira
n. f. chaise

PAPELERA
n. f. CORBEILLE

Dans notre classe, il y a...

Masculin singulier	
un [œ̃] livre	un ....
un	un ....
Féminin singulier	
une [yn] corbeille	une ....
une	une ....
Pluriel	
des [de] chaises	des élèves
des livres	des cahiers

B. Essayez de compléter la règle suivante.

• En général, pour former le pluriel d'un nom, on ajoute la lettre ☐ .

8. TROIS CROISSANTS, S'IL VOUS PLAÎT

DES SONS ET DES LETTRES

A. Voici quelques mots et leur transcription phonétique. Écoutez et essayez de repérer la prononciation de certaines voyelles.

class**e** [klas] pag**e** [paʒ] tabl**e** [tabl]	normalement le **e** final ne se prononce pas.
d**ou**ze [duz] v**ou**s [vu] bonj**ou**r [bɔ̃ʒuʀ]	**ou** est prononcé normalement ....
tabl**eau** [tablo] chât**eau** [ʃato] **eau** [o]	**eau** est prononcé normalement ....
cr**oi**ssant [kʀwasɑ̃] tr**oi**s [tʀwa] bons**oi**r [bɔ̃swaʀ]	**oi** est prononcé normalement ....
s'il vous pl**aî**t [silvuplɛ] franç**ai**s [fʀɑ̃sɛ]	**ai** est prononcé normalement ....

B. Essayez maintenant de prononcer les noms et prénoms suivants. Comparez avec un camarade.

L**ou**   Aimé   L**ou**ise
Amad**ou**   Marc**eau**   Aurélie
L**oi**s**eau**   Auguste
Cécile   Renée

C. Connaissez-vous d'autres mots contenant ces combinaisons de voyelles ?

9. VOUS POUVEZ ME TUTOYER

A. En français, il y a deux façons de s'adresser à quelqu'un. Les personnes suivantes utilisent des formes différentes pour se saluer. Quelles différences observez-vous ?

- Bonjour, comment allez-vous ?
- Bien, et vous, Monsieur ?
- Bonjour Patrick, vous allez bien ?
- Ça va, et vous ?
- Salut Julie, tu vas bien ?
- Ça va, et toi ?

B. Dans votre langue, comment imaginez-vous ces situations ?

C. Pour parler entre vous, allez-vous utiliser le *tu* ou le *vous* ? Et pour parler à votre professeur ?

1 | À la découverte de la langue

10. VOUS COMPRENEZ DÉJÀ BIEN

A. Observez ce document. Quel est son sujet ? Comprenez-vous certains mots ? Entourez-les. Comparez vos résultats avec ceux d'un camarade.

B. Quels aspects vous ont aidé à mieux comprendre le texte ?

- Reconnaître le type de texte
- Les images
- Le sujet
- La transparence de certains mots

De l'Atlantique à la Méditerranée, naviguez sur les terres du Sud.

Fabuleuse histoire que la construction du Canal du Midi, réalisée par Pierre-Paul Riquet à la fin du XVIIe siècle, et auquel vint s'ajouter, en 1856, le Canal Latéral à la Garonne, aujourd'hui appelé Canal de Garonne.

Cette jonction permit de créer la grande voie commerciale tant attendue au sud de l'Europe, entre l'Atlantique et la Méditerranée. Les rivières, en partie navigables, le Lot et la Baïse, au cours tantôt sauvage, tantôt majestueux, viennent compléter ce vaste réseau fluvial. Aujourd'hui, avec de nouvelles embarcations, mais avec autant de charme, les Rivières et Canaux du Midi n'en finissent pas d'étonner les plaisanciers avides de découvertes hors des sentiers battus.

Ce réseau navigable offre la garantie de vacances riches, tranquilles et originales, alliant la diversité et la beauté des paysages à la chaleur et la complicité des gens du Sud. Les secteurs de navigation présentés dans cette brochure conviennent parfaitement au tourisme fluvial. D'autres rivières, en partie navigables, comme la Dordogne, l'Isle, l'Adour, le Tarn et l'Agoût, ainsi que L'Estuaire de la Gironde, le plus vaste d'Europe, méritent aussi qu'on y fasse escale.

RIVIÈRES ET CANAUX DU MIDI, MAISON DE LA FRANCE

Bienvenue sur les rivières et canaux du Midi !

Les curiosités touristiques

- Cave ou vignoble
- Musée
- Ville, village ou bastide à visiter
- Piste cyclable
- Église, cathédrale

Outils | 1

▲ ÉPELER

a. [a]	h. [aʃ]	o. [o]	v. [ve]
b. [be]	i. [i]	p. [pe]	w. [dubləve]
c. [se]	j. [ʒi]	q. [ky]	x. [iks]
d. [de]	k. [ka]	r. [ɛʀ]	y. [igʀɛk]
e. [ø]	l. [ɛl]	s. [ɛs]	z. [zɛd]
f. [ɛf]	m. [ɛm]	t. [te]	
g. [ʒe]	n. [ɛn]	u. [y]	

 Les noms des lettres sont masculins.
• **le** a, **le** e…

— *Élève.*
— *E accent aigu, L, E accent grave, V, E.*
— *Vous pouvez épeler, s'il vous plaît ?*

• Cahier.
◦ **Comment ça s'écrit ?**
• **Avec un** h **entre le** a **et le** i : C, A, H, I, E, R.

▲ LES PRONOMS

TONIQUE	SUJETS	PRONOMINAUX
moi	je / j'	me / m'
toi	tu	te / t'
lui / elle	il / elle	se / s'
nous	nous	nous
vous	vous	vous
eux / elles	ils / elles	se / s'

▲ VERBE EN –ER

S'APPELER [apɛl] / [apəl]

je m'appelle	nous nous appelons
tu t'appelles	vous vous appelez
il / elle / on s'appelle	ils / elles s'appellent

 Les formes colorées ont la même prononciation. [apɛl]

▲ SALUER

• **Bonjour**, (Madame / Monsieur).
◦ **Bonjour, comment allez-vous ?**

• **Salut** (Julien), **comment vas-tu ?**
◦ **Ça va, et toi ?**

• **Salut** (Isa), **ça va ?**
◦ **Ça va, et toi ?**

 En français, la forme de politesse est **vous** (deuxième personne du pluriel).

• **Vous vous appelez** comment ?
◦ Augustin Dupré. Et **vous** ?

• **Tu t'appelles** comment ?
◦ Sylvie, et **toi** ?

▲ LES ARTICLES INDÉFINIS

	SINGULIER	PLURIEL
MASCULIN	**un** cahier	**des** cahiers
FÉMININ	**une** table	**des** tables

▲ RESSOURCES POUR LA COMMUNICATION EN CLASSE

• **Comment on dit** « Guten Tag » **en français ?**
◦ Bonjour.

• **Qu'est-ce que ça veut dire**, « élève » ?
◦ « Student ».

dix-sept | 17

1 | Outils en action...

11. DOCUMENTS ET STRATÉGIES

A. Observez ces documents trouvés à Montpellier. De quel type de documents s'agit-il ?

- ○ une carte de visite
- ○ un billet de train
- ○ un plan de la ville
- ○ une publicité d'hôtel
- ○ des horaires de bus
- ○ les horaires de l'Office du Tourisme

B. En fonction du type de documents, pouvez-vous comprendre certains mots ? Parlez-en avec vos camarades.

C. Que savez-vous maintenant sur Montpellier ? Partagez ces informations avec vos camarades.

12. QU'EST-CE QUE C'EST ?

Vous allez écouter des sons qui évoquent des lieux ou des objets. Lesquels ?

Piste 05

- un tramway
- une classe
- une gare
- une rue
- un parc

et tâches | 1

13. LE MUR DE LA CLASSE

A. Vous allez élaborer des affiches pour décorer les murs de la classe.
- la liste des élèves
- les phrases et les questions utiles en français
- les mots importants pour notre classe
- autres idées…

Découvrez les activités 2.0 sur versionoriginale.difusion.com

B. Vous allez pouvoir compléter ces affiches pendant toute l'année.

1 | Regards sur...

LE FRANÇAIS DANS LE MONDE

Le français n'est pas parlé uniquement en France.
Il est présent dans le monde entier.

14. ILS PARLENT TOUS FRANÇAIS

A. Trouvez dans les différents textes :

la capitale de la Belgique :
....

le jour de la fête nationale suisse :
....

la monnaie du Canada :
....

une spécialité française :
....

B. À quoi correspondent les chiffres suivants ?

21 : ....

14 : ....

7 581 520 : ....

C. À votre tour, présentez votre pays.

Regards sur... | 1

CANADA

Capitale : Ottawa
Population : 33 576 126 hab.
Langues parlées : français, anglais
Monnaie : le dollar canadien
Plus grandes villes : Toronto, Montréal, Vancouver, Calgary, Ottawa, Edmonton, Québec…
Fête nationale : 1er juillet
Spécialité : le sirop d'érable
Domaine Internet : .ca

SUISSE

Capitale : Berne
Population : 7 581 520 hab.
Langues parlées : français, allemand, italien, romanche
Monnaie : le franc suisse
Plus grandes villes : Zurich, Genève, Bâle, Lausanne, Berne…
Fête nationale : 1er août
Spécialité : la fondue
Domaine Internet : .ch

BELGIQUE

Capitale : Bruxelles
Population : 10 666 866 hab.
Langues parlées : français, néerlandais, allemand
Monnaie : l'euro
Plus grandes villes : Anvers, Bruges, Bruxelles, Charleroi, Gand, Liège, Namur…
Fête nationale : 21 juillet
Spécialité : les moules frites
Domaine Internet : .be

FRANCE

Capitale : Paris
Population : 65 073 482 hab.
Langues parlées : français
Monnaie : l'euro
Plus grandes villes : Lyon, Marseille, Lille, Toulouse, Nice, Bordeaux, Nantes…
Fête nationale : 14 juillet
Spécialité : la baguette
Domaine Internet : .fr

ON TOURNE !

PARIS

A. Relevez les mots que vous voyez dans la vidéo.

- ☐ taxi
- ☐ restaurant
- ☐ bar
- ☐ boulangerie
- ☐ métro
- ☐ Poste
- ☐ parisien
- ☐ jazz
- ☐ croissant
- ☐ boutique
- ☐ téléphone
- ☐ théâtre
- ☐ Trocadéro
- ☐ café

B. Choisissez 4 photos pour présenter la capitale de votre pays.

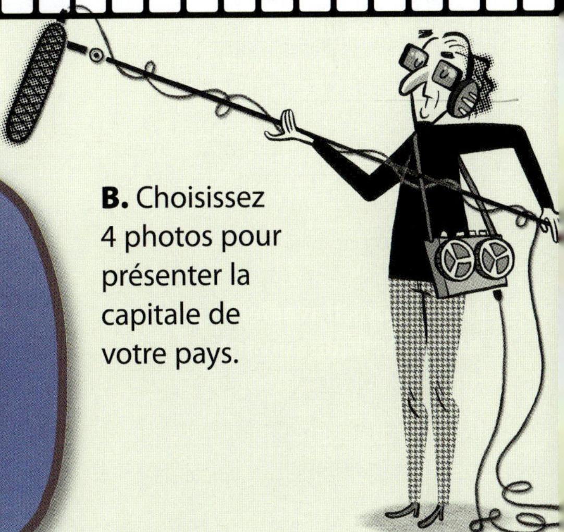

2
Elle s'appelle Laura

À la fin de cette unité, nous serons capables de présenter un camarade de classe.

Pour cela, nous allons apprendre à :
- demander et donner des renseignements personnels
- exprimer des objectifs
- renseigner sur la nationalité

Nous allons utiliser :
- les verbes être et avoir
- les verbes en -er (travailler)
- les adjectifs de nationalité
- le lexique de l'identité
- le lexique de l'expression des goûts et des intérêts
- les nombres de 21 à 100

Nous allons travailler le point de phonétique suivant :
- l'opposition masculin / féminin des adjectifs

Premier contact

1. IDENTITÉS
Observez les photos et les documents et complétez les textes suivants.

▸ Christian Brenot travaille dans le bâtiment. Il a 35 ans et il est français. Son courriel est

....

▸ .... est étudiante. Elle a 22 ans et elle est chinoise.

▸ Ahmed travaille dans un restaurant. Il est .... et il a 55 ans.

▸ Éric est guide touristique sur un bateau-mouche. Il a .... ans et il est français.

2 | Textes et contextes

2. QUI EST-CE ?

A. Ils sont célèbres et ils parlent tous français : pouvez-vous relier chaque photo à la profession et la nationalité correspondantes ?

Zep

Rachid Taha

C'est un **chanteur**, il est **algérien**.

C'est un **dessinateur de BD (Titeuf)**, il est **suisse**.

C'est un **joueur de basket**, il est **français**.

Linda Lemay

C'est une **actrice**, elle est **belge**.

Cécile De France

C'est une **actrice**, elle est **française**.

Tony Parker

C'est une **écrivaine**, elle est **française**.

Audrey Tautou

C'est une **chanteuse**, elle est **québécoise**.

Anna Gavalda

B. Connaissez-vous d'autres célébrités francophones ? Dites leurs noms : vos camarades doivent préciser leur profession et leur nationalité.

- Johnny Hallyday.
- C'est un chanteur ; il est belge.
- Non, il est français !

Textes et contextes | 2

3. POURQUOI ÉTUDIER LE FRANÇAIS ?

A. Voici 8 raisons possibles d'étudier le français. Quelles sont-elles ?

.... pour voyager
.... pour lire en français
.... pour le travail
.... pour vivre en France
.... pour étudier en France
.... pour parler avec des amis
.... pour le C.V.
.... pour le plaisir

B. Et vous, pourquoi étudiez-vous le français ? Aidez-vous du dictionnaire.

• Moi, pour voyager.
○ Et moi, …

vingt-cinq | 25

2 | À la découverte de la langue

4. DANS LA MODE

A. Regardez ces personnes. Associez une phrase à chacune d'elles.

[Illustration avec les personnes suivantes identifiées : Marc Soulier, Laurent Royer, Régis Magne, Léo Saugner, Loïc Garnier, Vincent Blanc, Philippe Durand, Cathy Solers]

Je travaille dans le tourisme. ▶ ....Marc Soulier........
Je travaille dans l'enseignement. ▶ ....
Je travaille dans la mode. ▶ ....
Je travaille dans les affaires. ▶ ....
Je travaille dans le bâtiment. ▶ ....
Je travaille dans l'informatique. ▶ ....
Je travaille dans l'audiovisuel. ▶ ....
Je fais des études d'archéologie. ▶ ....

B. Écoutez la conversation entre le guide et la réceptionniste et vérifiez vos réponses.

C. Et vous ?

- Et vous, qu'est-ce que vous faites dans la vie ?
- ○ Je travaille dans la mode.

5. MICHEL EST FRANÇAIS

DES SONS ET DES LETTRES

A. Écoutez les phrases suivantes. Parle t-on d'un homme ou d'une femme ?

	♂	♀	?
1. Claude			
2. Michel / Michelle			
3. Frédérique			
4. Daniel / Danièle			
5. Dominique			
6. Pascal / Pascale			

B. À deux, préparez cinq phrases sur le modèle suivant. Lisez-les à vos camarades qui devront deviner si vous parlez d'un homme ou d'une femme.

- C'est une étudiante allemande.
- ○ C'est une femme.

À la découverte de la langue | 2

6. VINGT, TRENTE, QUARANTE...

A. Observez les nombres de 21 à 100. Écrivez ceux qui manquent et écoutez ensuite l'enregistrement pour vérifier.

21 vingt et un	37 trente-sept	53 cinquante-trois	69 soixante-neuf	85 quatre-vingt-cinq
22 vingt-deux	38 trente-huit	54 cinquante-quatre	70	86 quatre-vingt-six
23 vingt-trois	39 trente-neuf	55 cinquante-cinq	71 soixante et onze	87 quatre-vingt-sept
24 vingt-quatre	40 quarante	56 cinquante-six	72 soixante-douze	88 quatre-vingt-huit
25 vingt-cinq	41 quarante et un	57 cinquante-sept	73 soixante-treize	89 quatre-vingt-neuf
26 vingt-six	42 quarante-deux	58	74	90 ....
27 vingt-sept	43 quarante-trois	59 cinquante-neuf	75 soixante-quinze	91 quatre-vingt-onze
28 vingt-huit	44 quarante-quatre	60 soixante	76 soixante-seize	92 quatre-vingt-douze
29	45	61 soixante et un	77 soixante-dix-sept	93 quatre-vingt-treize
30 trente	46 quarante-six	62 soixante-deux	78 soixante-dix-huit	94 ....
31	47 quarante-sept	63 soixante-trois	79 soixante-dix-neuf	95 quatre-vingt-quinze
32 trente-deux	48 quarante-huit	64 soixante-quatre	80 quatre-vingts	96 quatre-vingt-seize
33 trente-trois	49 quarante-neuf	65	81	97 quatre-vingt-dix-sept
34 trente-quatre	50 cinquante	66 soixante-six	82 quatre-vingt-deux	98 quatre-vingt-dix-huit
35 trente-cinq	51	67 soixante-sept	83	99 quatre-vingt-dix-neuf
36	52 cinquante-deux	68 soixante-huit	84 quatre-vingt-quatre	100 cent

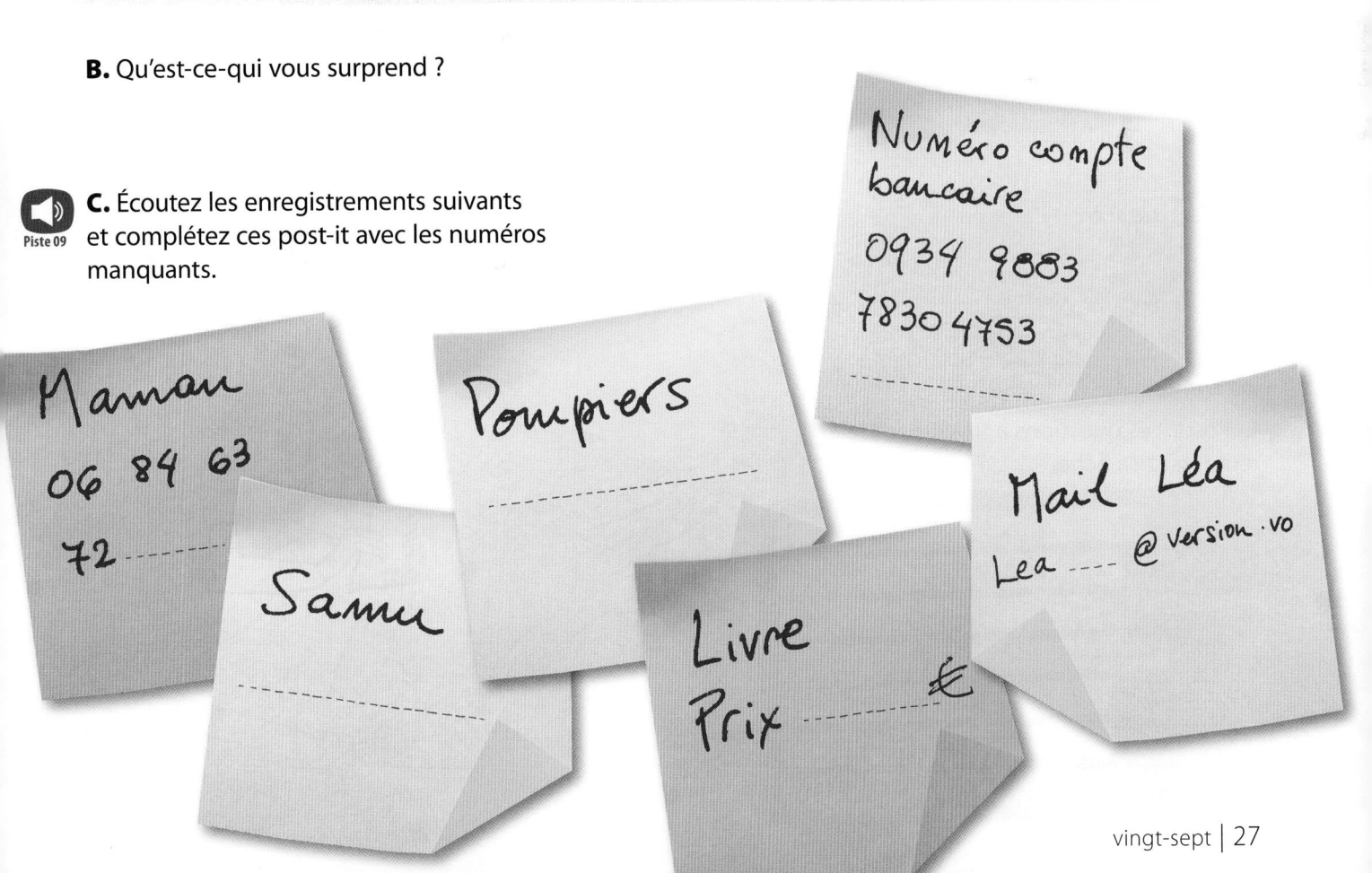

B. Qu'est-ce-qui vous surprend ?

C. Écoutez les enregistrements suivants et complétez ces post-it avec les numéros manquants.

Maman
06 84 63 72 ....

Pompiers
....

Samu
....

Livre Prix .... €

Numéro compte bancaire
0934 9883 7830 4753
....

Mail Léa
Lea ---- @version.vo

2 | À la découverte de la langue

7. AU SECRÉTARIAT

Piste 10

A. Trois étudiants suivent un cours du soir. La secrétaire de l'école leur demande des renseignements personnels. Complétez les fiches suivantes.

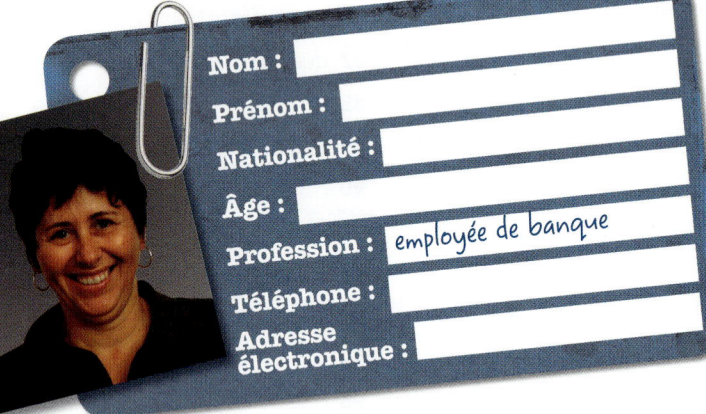

- Nom :
- Prénom :
- Nationalité :
- Âge :
- Profession : *employée de banque*
- Téléphone :
- Adresse électronique :

- Nom :
- Prénom :
- Nationalité :
- Âge :
- Profession : *étudiant*
- Téléphone :
- Adresse électronique :

- Nom :
- Prénom :
- Nationalité :
- Âge :
- Profession : *professeure au collège*
- Téléphone :
- Adresse électronique :

B. À votre tour, répondez aux questions suivantes.

Comment vous appelez-vous ?
....
Quel âge avez-vous ?
....
Que faites-vous dans la vie ?
....
Quelle est votre adresse électronique ?
....
Quel est votre numéro de téléphone ?
....
Quelle est votre nationalité ?
....

C. Posez ces questions à un camarade et remplissez sa fiche.

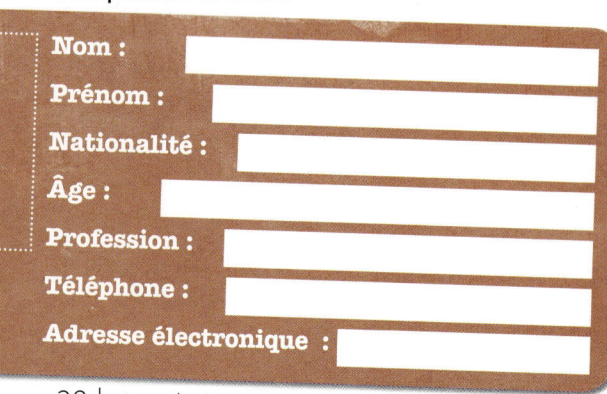

- Nom :
- Prénom :
- Nationalité :
- Âge :
- Profession :
- Téléphone :
- Adresse électronique :

Outils | 2

DEMANDER ET DONNER DES RENSEIGNEMENTS PERSONNELS À L'ORAL

LE NOM / LE PRÉNOM
- Vous vous appelez comment ?
- Je m'appelle Laura Agni.

LA PROFESSION
- Qu'est-ce que /kɛskə/ vous faites dans la vie ?
- Je travaille dans le tourisme.
  Je suis étudiante.
  Je suis au chômage.
  Je suis à la retraite.

LE NUMÉRO DE TÉLÉPHONE
- Quel est votre numéro de téléphone ?
- (C'est le) 06 34 62 35 41.

LE COURRIEL / L'ADRESSE ÉLECTRONIQUE
- Quel est votre courriel ?
- (C'est) sophie80@version.vo.

L'ÂGE
- Vous avez quel âge ?
- J'ai 18 ans.

LA NATIONALITÉ
- Quelle est votre nationalité ?
- Je suis française, d'origine marocaine.

 Dans un texte écrit ou dans un registre soutenu, on utilise l'inversion du sujet pour poser des questions.

- Quel âge avez-vous ?
- Êtes-vous étudiante ?

LES ADJECTIFS DE NATIONALITÉ

MASCULIN TERMINÉ PAR UNE CONSONNE	FÉMININ : -E
français	française

MASCULIN TERMINÉ EN -IEN	FÉMININ : -IENNE
italien	italienne
canadien	canadienne

MASCULIN TERMINÉ EN -E	FÉMININ : NE CHANGE PAS
suisse	
belge	

allemand [almɑ̃]	→	allemande [almɑ̃d]
français [fʁɑ̃sɛ]	→	française [fʁɑ̃sɛz]
marocain [maʁɔkɛ̃]	→	marocaine [maʁɔkɛn]
italien [italjɛ̃]	→	italienne [italjɛn]

ÊTRE ET AVOIR

ÊTRE	AVOIR
je suis	j'ai
tu es	tu as
il / elle / on est	il / elle / on a
nous sommes	nous avons
vous êtes	vous avez
ils / elles sont	ils / elles ont

vous êtes [vuzɛt]   nous avons [nuzavɔ̃]   vous avez [vuzave]   ils ont [ilzɔ̃]

VERBES EN -ER

TRAVAILLER [tʁavaj]

je travaille   nous travaillons
tu travailles   vous travaillez
il / elle / on travaille ils / elles travaillent

 [tʁavaj]

EXPRIMER DES OBJECTIFS

pour + VERBE À L'INFINITIF   Il étudie le français pour voyager.

pour + NOM   Il étudie le français pour le travail.

LES NOMBRES

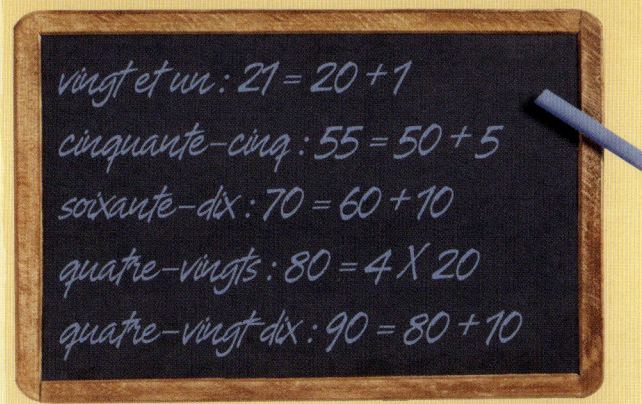

vingt et un : 21 = 20 + 1
cinquante-cinq : 55 = 50 + 5
soixante-dix : 70 = 60 + 10
quatre-vingts : 80 = 4 × 20
quatre-vingt-dix : 90 = 80 + 10

21 → vingt et un   31 → trente et un   41 → quarante et un...
 81 → quatre-vingt-un   91 → quatre-vingt-onze

 En Belgique,
70 : septante
80 : quatre-vingts
90 : nonante

En Suisse,
70 : septante
80 : huitante
90 : nonante

2 | Outils en action...

8. LOTO !

A. Voilà votre carton pour jouer au Loto. Écrivez d'abord les nombres en toutes lettres.

B. Maintenant vous allez jouer. Élaborez votre propre carton : choisissez onze nombres parmi les seize proposés.

27	83	60	72
vingt-sept			
61	92	11	6
44	37	26	66
96	5	14	74

9. LE PREMIER JOUR DE CLASSE

A. Séverine raconte son premier jour de cours. Écoutez-la et entourez le nom des étudiants de sa classe.

B. Réécoutez : quelles informations apprenez-vous sur les camarades de Séverine ?

M+ markplus
École de Marketing

Première année

Alice	Antonio
Fouad	(David)
Éli	Mamadou
Keiko	Andrea
Hanae	Karen
Claudia	

David est ....
.... est ....
.... est ....
.... a ....
.... a ....

et tâches | 2

10. LE PORTRAIT DE...

A. Interrogez un camarade que vous ne connaissez pas bien et notez les informations recueillies sur le modèle de la fiche suivante.

B. Réalisez maintenant son portrait. Vous pouvez ajouter une photo ou une caricature.

Découvrez les activités 2.0 sur versionoriginale.difusion.com

Elle s'appelle Laura Fidecci.
Elle est italienne.
Elle a 17 ans.
Elle est étudiante.
Son adresse électronique est laurafidecci@version-vo.it.
Elle étudie le français pour...
...

italienne

laurafidecci@version-vo.it

17 ans

Laura Fidecci

Étudiante

aller vivre en France

C. Affichez ce portrait au mur de la classe et présentez votre camarade.

2 | Regards sur...

LES PRÉNOMS DANS LES PAYS FRANCOPHONES

Certains prénoms ont marqué les époques :

> Dans les années 40 et 50...
> Robert, Charles, Gérard, Jacqueline et Monique.

> Dans les années 60...
> Marie-France et Jean-Luc.

> Dans les années 70...
> Valérie et Stéphanie.

ON TOURNE !

LE MONDE D'HÉLÈNE

A. Que pouvez-vous voir dans le bureau d'Hélène ?

- ☐ un téléphone
- ☐ des ordinateurs
- ☐ une lampe
- ☐ un client
- ☐ des livres
- ☐ du café
- ☐ un plan
- ☐ une plante
- ☐ des croissants

B. Quel est le métier d'Hélène ?

- ☐ chanteuse
- ☐ actrice
- ☐ dessinatrice
- ☐ architecte
- ☐ écrivaine
- ☐ professeure

Regards sur... | 2

Dans les années 80...
Vanessa, Jessica et Stéphane.

Dans les années 90... Antoine, Théo, Camille et Coline.

Dans les années 2000...
Léa, Léo, Inès et Lola.

En 2009, les 10 prénoms à la mode en France et au Québec

France

Filles	Garçons
Emma	Mathis
Clara	Mathéo
Maëlys	Enzo
Louane	Nathan
Jade	Noah

Québec (Canada)

Filles	Garçons
Léa	Thomas
Florence	William
Rosalie	Gabriel
Laurence	Samuel
Emma	Alexis

SOURCE: PARENT.FR – BABYNAMES.COM

11. ET CHEZ VOUS ?

Quels sont les prénoms les plus à la mode dans votre pays...
▸ actuellement ,
▸ chez les personnes de votre âge.

C. Comment s'appelle...

▸ le collègue d'Hélène ?
- ☐ J.B.
- ☐ Gilles
- ☐ Gilbert

▸ l'amie d'Hélène ?
- ☐ Marianne
- ☐ Marion
- ☐ Mado

D. Observez et écoutez Hélène.

Hélène
- tutoie
- vouvoie
- dit « Ça va ? »
- dit « Bonjour »
- dit « Salut tout le monde ! »
- dit « Est-ce que vous voulez un café ? »
- dit « Salut »

(à) ses collègues
(à) son client
(à) son amie

E. Et vous, comment saluez-vous...

▸ des collègues de travail ?

▸ des clients ?

▸ des amis ?

Entraînement à l'examen du **DELF A1**

Lors de ces épreuves, vous allez répondre à des questions de compréhension simples qui portent sur des documents courts relatifs à l'identification de personnes.

25 points

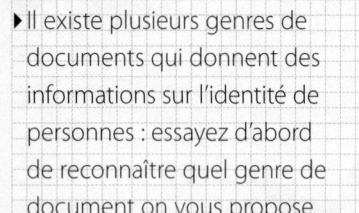

QUELQUES CONSEILS POUR L'EXAMEN

▸ Il existe plusieurs genres de documents qui donnent des informations sur l'identité de personnes : essayez d'abord de reconnaître quel genre de document on vous propose (carte de visite, carnet d'adresses, document administratif…). Pour cela, observez sa présentation : format, organisation des mots sur la page, titres…

▸ Pour ne pas perdre de temps, lisez d'abord attentivement les questions puis le document lui-même.

▸ En général, les questions ne vous demandent pas de tout comprendre ; elles vous demandent de trouver une information bien précise et seulement cette information-là. Ne vous occupez pas du reste.

▸ Pour savoir quelle information la question vous demande de trouver, détectez le mot-clé de la question : qui, où, quel + nom, combien…

EXERCICE 1

Observez le document suivant et répondez aux questions ci-dessous.

28 | DEMOULIN

DEMOULIN Sophie 6 place du 14 juillet 04 66 47 08 33	**DENAIS Nicolas** 6 chemin de cuges 04 66 48 56 65	**DEVELIN Lucie** 87 rue du Torrent 04 66 48 55 43
DEMOULIN Antoine 235 rue de la Liberté 04 66 47 14 28	**DENANT Julien** 67 rue Bel air 04 66 47 96 45	**DEWITTE Charles** 77 bis bd Gambetta 04 66 47 67 86
DEMOULIN Vincent 14 bd du Général de Gaulle 04 66 47 55 09	**DENANT Vincent** 67 bd Gambetta 04 66 47 33 33	**DI CARO Alexandre** 2 rue des Capucines 04 66 47 43 09
DEMUS Albert 6 rue des Fleurs 04 66 48 67 33	**DENNER Vincent** 29 rue de la Liberté 04 66 47 02 43	**DIALLO Camille** 1 rue Victor Hugo 04 66 47 34 00
DEMUS Caroline 15 impasse du Couvent 04 66 47 02 24	**DENOIS Caroline** 5 rue du marché 04 66 47 46 65	**DICAIRE Bertrand** 33 rue du Torrent 04 66 48 54 75
DEMY Serge 3 bd Robespierre 04 66 47 99 45	**DENOIS Coryse** 3 place Marcel Pagnol 04 66 47 89 56	**DILLOM Léo** 9 rue de la Banque 04 66 47 14 11

1. Cette page est…
- ☐ une page d'un carnet d'adresses.
- ☐ une page d'un annuaire téléphonique.
- ☐ une page de dictionnaire.

2. Quel est le numéro de téléphone de Monsieur Demy ?

....

3. Quelle est l'adresse de Madame Demoulin ?

....

....

4. Qui habite rue des Capucines ?

....

Compréhension des écrits

EXERCICE 2

Observez le document suivant et répondez aux questions ci-dessous.

ÉCOLE DE LANGUE
LE FRANÇAIS POUR TOUS
BRUXELLES

Classe : FLE c - A1
Professeur : Mme Dufresne M

Nom	Prénom	Nationalité	Date de naissance	Profession	Adresse
Antoniu	Elena	grecque	16/02/45	sans	29 avenue du Châtelain
Baranov	Andreï	russe	04/05/76	informaticien	22 bd Léopold II
Borodine	Vineta	russe	23/11/66	fonctionnaire européenne	14 place du Roi vainqueur
Borusov	Elian	moldave	15/09/76	ouvrier chauffagiste	2 place Victor Hugo
Chen	Jifeng	chinois	22/05/74	violoniste	30 avenue de la Ramée
Garcia Garcia	Esmeralda	espagnole	07/08/47	retraitée	4 avenue du Bois du Pont
Murakuyo	Haruki	japonais	30/12/54	journaliste	6 place Danco
Park	Choi Eun	coréenne	22/11/83	étudiante	365 Chaussée de Tours
Smith	Margaret	danoise	08/06/64	fonctionnaire européenne	6 place du Sablon
Timisu	Yoko	japonaise	13/05/76	traductrice	6 rue St Pierre
Vandenbossche	Bart	hollandais	06/04/67	avocat	2 rue du Marais

1. Ce texte est…
- ☐ la liste des amis d'un élève.
- ☐ une liste du secrétariat d'une école.
- ☐ le carnet d'adresses d'un élève.

2. Aidez Maryse Dufresne, professeur de français de cette classe, à faire quelques statistiques. Écrivez en toutes lettres :

▸ Combien y a t-il d'élèves ? ....

▸ Combien y a t-il d'hommes (H) et de femmes (F) ? :

   H ....

   F ....

▸ Combien y a t-il de nationalités différentes ?
....

3. Retrouvez :

▸ qui travaille dans la construction. ....

   C'est ....

▸ qui travaille dans la presse. ....

   C'est ....

▸ qui travaille dans la musique. ....

   C'est ....

▸ qui est l'élève le plus jeune.
....

▸ qui est l'élève le plus âgé.
....

4. Complétez le tableau suivant.

	Vrai	Faux	Justification
Le prénom de Monsieur Chen est Haruki.			
Madame Antoniu vit avenue du Châtelain.			
Mesdames Smith, Borodine et Park sont fonctionnaires européennes.			
Yoko Timisu est avocate.			
Esmeralda Garcia Garcia ne travaille pas.			
Vineta Borodine est moldave.			

Journal d'apprentissage

AUTOÉVALUATION

1. Compétences visées dans les unités 1 et 2

1. Compétences visées dans les unités 1 et 2	Je suis capable de…	J'éprouve des difficultés à…	Je ne suis pas encore capable de…	Exemples
saluer quelqu'un				
me présenter avec **s'appeler**				
présenter quelqu'un avec **s'appeler**, **c'est**…				
demander les coordonnées de quelqu'un				
épeler				
compter				
communiquer en classe				

2. Connaissances visées dans les unités 1 et 2

2. Connaissances visées dans les unités 1 et 2	Je connais et j'utilise facilement…	Je connais mais n'utilise pas facilement…	Je ne connais pas encore…
l'alphabet			
les articles indéfinis : **un**, **une**, **des**			
le présent du verbe **s'appeler** et des verbes en –**er**			
le présent des verbes **être** et **avoir**			
le féminin des adjectifs de nationalité			
le lexique des objets de la classe			
le lexique de l'identité			

Unités **1** et **2**

BILAN

Mon usage actuel du français	☀	⛅	☁	☁☁
quand je lis				
quand j'écoute				
quand je parle				
quand j'écris				
quand je réalise les tâches				

Ma connaissance actuelle	☀	⛅	☁	☁☁
de la grammaire				
du vocabulaire				
de la prononciation et de l'orthographe				
de la culture				

À ce stade, mes points forts sont : ....

À ce stade, mes difficultés sont : ....

Des idées pour améliorer	en classe	à l'extérieur (chez moi, dans la rue...)
mon vocabulaire		
ma grammaire		
ma prononciation et mon orthographe		
ma pratique de la lecture		
ma pratique de l'écoute		
mes productions orales		
mes productions écrites		

Si vous le souhaitez, discutez-en avec vos camarades.

3

Mon quartier est un monde

À la fin de cette unité, nous serons capables de décrire notre quartier idéal.

Pour cela, nous allons apprendre à :
- décrire et qualifier une ville ou un quartier
- localiser
- exprimer la quantité

Nous allons utiliser :
- le présent du verbe **vivre**
- il y a / il n'y a pas
- les articles définis
- les prépositions de lieu
- les adjectifs qualificatifs

Nous allons travailler les points de phonétique suivants :
- l'intonation en français
- l'opposition [e] / [ə] dans **le** / **les**

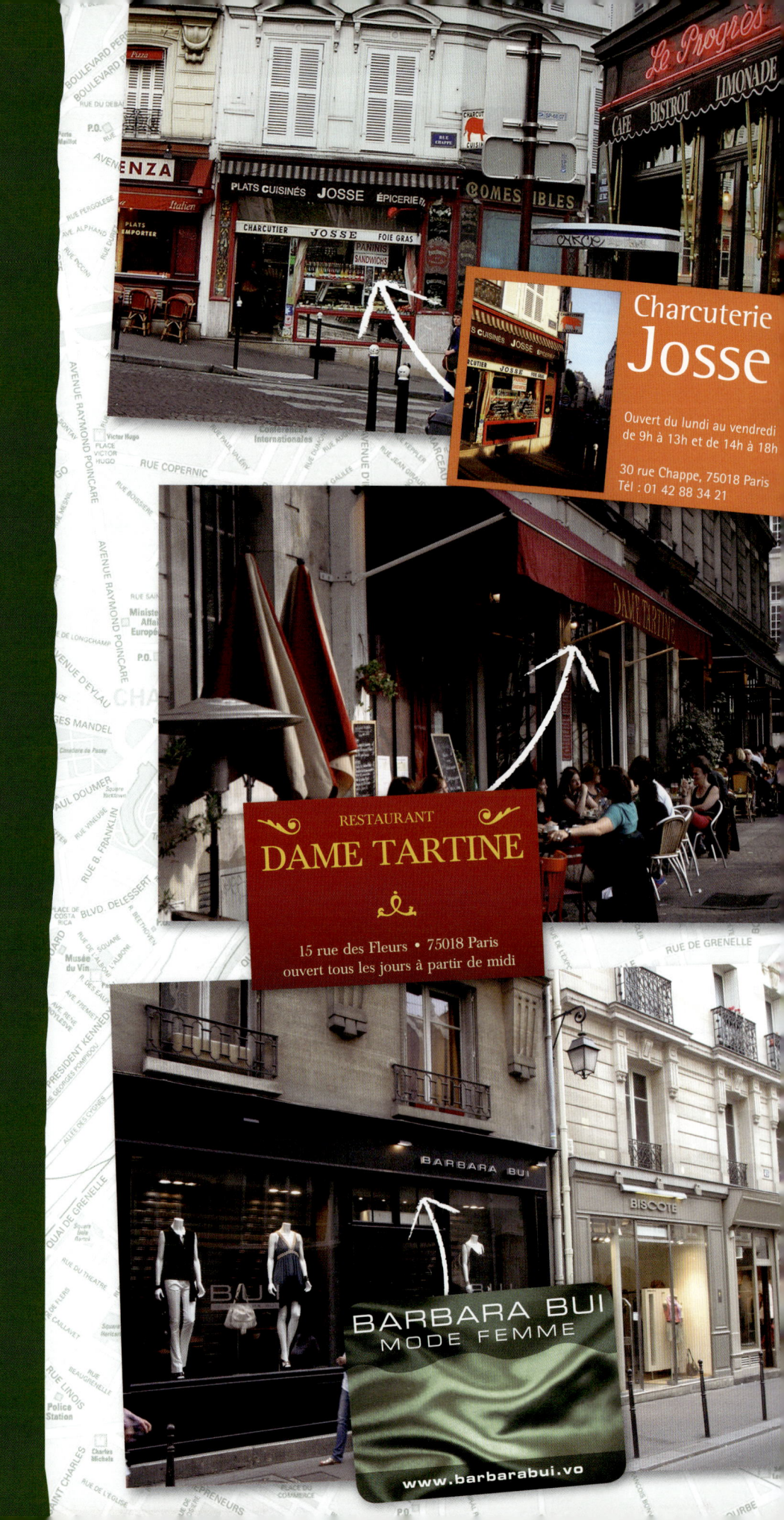

Charcuterie Josse
Ouvert du lundi au vendredi de 9h à 13h et de 14h à 18h
30 rue Chappe, 75018 Paris
Tél : 01 42 88 34 21

RESTAURANT DAME TARTINE
15 rue des Fleurs • 75018 Paris
ouvert tous les jours à partir de midi

BARBARA BUI
MODE FEMME
www.barbarabui.vo

Librairie des Abbesses

Ouverture du lundi au samedi
Lundi : 14h à 19h
Mardi à Vendredi : 9h30 à 12h30 / 14h à 19h
Samedi : 10h à 13h / 14h à 19h

Alimentation générale

1 rue des Fleurs • 75018 Paris • Tél : 01 48 87 87 73

MONCEAU FLEURS

livraison à domicile
01 42 35 67 49
1 rue Émile Zola
75018 Paris

Premier contact

1. RUE DU PARADIS

A. Qu'y-a-t-il dans ce quartier ?

Il y a...	Oui	Non
une pharmacie.	☐	☐
un restaurant.	☐	☐
un parc.	☐	☐
un fleuriste.	☐	☐
des bars.	☐	☐
des magasins.	☐	☐

B. Observez les cartes de visite : comment s'écrit l'adresse en français ?

trente-neuf | 39

3 | textes et contextes

2. OÙ VIT-ON LE MIEUX ?

A. Selon une étude récente, les trois villes de France où on vit le mieux sont Nantes, Toulouse et Lyon. Avec un camarade, pouvez-vous les situer sur la carte ?

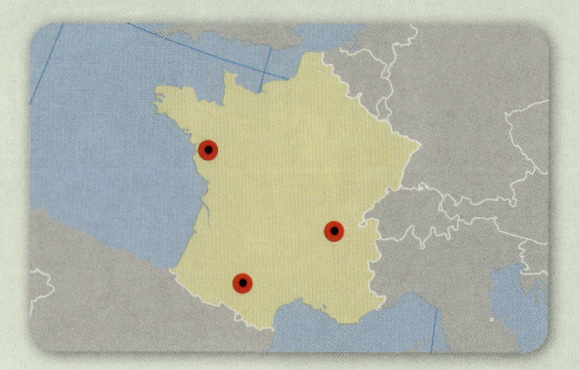

• Ça, c'est Lyon, je crois…

B. Que disent les habitants de ces villes ? Lisez leurs avis et en groupe, choisissez trois adjectifs pour décrire chaque ville.

NANTES

Pascale et David, 35 et 38 ans Nantes, c'est une ville tranquille. Il y a des jardins et des parcs près du fleuve, de petites rues où on se promène à pied ou à vélo et elle est à 40 km de l'océan Atlantique. C'est une ville pour la famille.

Manon, 17 ans C'est une petite ville mais très internationale et, dans le centre, il y a des cafés et des restos où on parle chinois, grec ou turc.

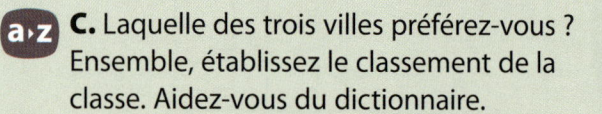

C. Laquelle des trois villes préférez-vous ? Ensemble, établissez le classement de la classe. Aidez-vous du dictionnaire.

• Moi, je préfère Toulouse parce que c'est une ville où il y a de la musique partout…
○ Moi, je préfère…

Vivre bien
le magazine du savoir-vivre

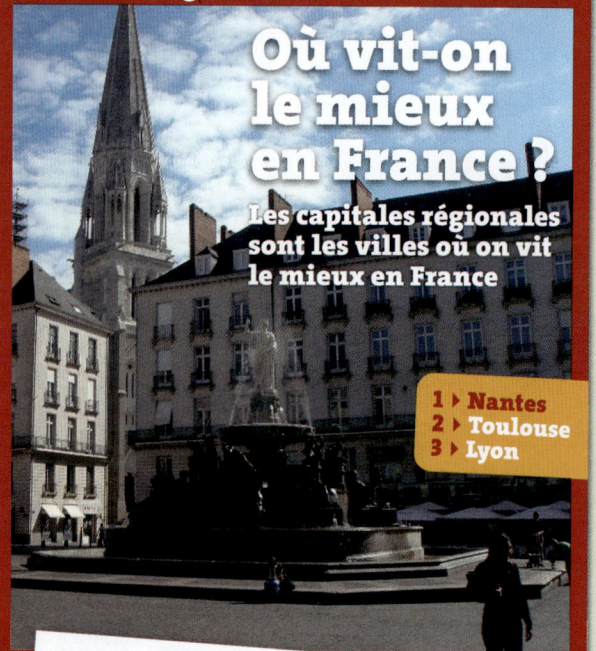

Où vit-on le mieux en France ?

Les capitales régionales sont les villes où on vit le mieux en France

1 ▶ Nantes
2 ▶ Toulouse
3 ▶ Lyon

TOULOUSE

Thomas, 18 ans Toulouse est une ville culturelle, très dynamique et il y a de la musique partout : de la musique classique, du jazz, du rock…

Claire, 42 ans Toulouse, c'est une ville très belle, pas très grande mais animée. Il y a des monuments historiques partout, des maisons très belles… Et on a du soleil, beaucoup de soleil !

LYON

Alexandre et Pauline, 28 ans Lyon est une grande ville. On y trouve tout : des bars, beaucoup de restos, des magasins, des musées, des théâtres. C'est une ville très dynamique.

Léa, 21 ans Lyon, c'est une grande ville, elle est tout près des Alpes et pas très loin de la Méditerranée. C'est une ville très bien située.

Textes et contextes | 3

3. LA POINTE ROUGE OU LE VIEUX PORT ?

A. Voici la présentation de trois quartiers de Marseille.
Selon vous, dans quel quartier vit-on le mieux ?

Les quartiers de Marseille

La Pointe Rouge est un beau quartier du 8e arrondissement de Marseille, situé au Sud de la ville. Dans ce quartier, il y a un très grand port de plaisance, une belle plage (la plage de la Pointe Rouge), des restaurants, des cafés et des clubs. C'est un quartier très animé, surtout en été. Grâce aux transports publics, le centre-ville de Marseille se trouve à moins de 15 minutes.

Le Vieux Port est le port historique de Marseille. On trouve des restaurants, des bars et des lieux touristiques : le Palais de la Bourse, L'Hôtel de Ville, l'église de Notre-Dame-de-la-Garde, « la maison de Cabre » et la Maison Diamantée (musée du Vieux Marseille). Sur le quai des Belges, on peut prendre le métro à la station Vieux-Port-Hôtel de Ville pour aller dans différents lieux de la ville.

La place Castellane marque le début du sud de Marseille où se trouvent des quartiers plus chics avec leurs grandes allées, leurs belles maisons, leurs bureaux et leurs plages. Autour de la fontaine Cantini, on trouve des restaurants et des cafés. Dans ce quartier, vous pourrez visiter le musée Cantini, la Préfecture, le Palais de Justice, le quartier des Antiquaires, l'église Saint-Nicolas-de-Myre.

B. Jean-Pierre vit à Marseille. Écoutez sa conversation avec une amie. Dans quel quartier habite-t-il ?
Piste 13

C. Réécoutez la conversation de Jean-Pierre. Que dit-il de son quartier ?

C'est un quartier...	Dans son quartier, il y a...
☐ agréable.	☐ des bars.
☐ tranquille.	☐ des restaurants.
☐ vivant.	☐ un métro.
☐ bruyant.	☐ un marché.
	☐ un cinéma.
	☐ une laverie.
	☐ une école.

3 | À la découverte de la langue

4. WEEK-END À PARIS

A. Une agence de voyages vous propose ces trois formules pour passer un week-end à Paris. Laquelle choisissez-vous ?

Votre meilleur *week-end* à Paris !

1. Le Paris classique
La tour Eiffel, la place de la Concorde, l'avenue des Champs-Elysées, l'Arc de Triomphe, la cathédrale de Notre-Dame de Paris, le Sacré-Cœur, une balade sur les quais de Seine, un spectacle au Moulin Rouge.

2. Le Paris shopping
Les galeries Lafayette, les grands boulevards, le marché aux puces de Clignancourt, le boulevard Barbès, la Place Vendôme, Châtelet-les-Halles.

3. Le Paris multiculturel
Le quartier de la Goutte d'or, le quartier chinois, le marché Dejean, le musée du quai Branly, le musée national des Arts Asiatiques, la grande Mosquée de Paris.

B. Maintenant, observez les noms de lieux et complétez le tableau des articles définis.

	MASCULIN		FÉMININ	
SINGULIER	( )	marché Dejean	( )	cathédrale Notre-Dame
	( )	Arc de Triomphe	( )	place de la Concorde
PLURIEL	Les	quais de Seine	( )	galeries Lafayette

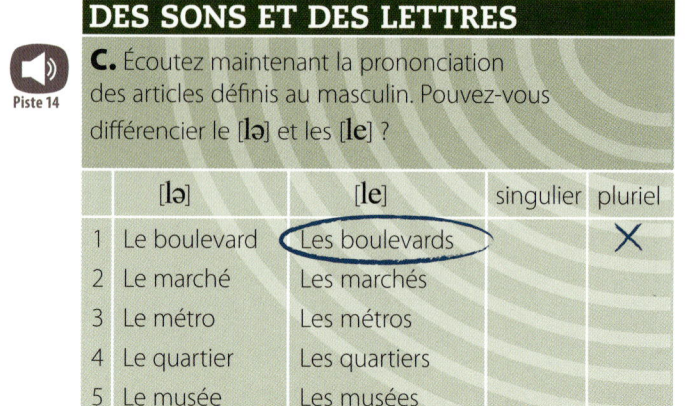

DES SONS ET DES LETTRES

C. Écoutez maintenant la prononciation des articles définis au masculin. Pouvez-vous différencier le [lə] et les [le] ?

	[lə]	[le]	singulier	pluriel
1	Le boulevard	Les boulevards		X
2	Le marché	Les marchés		
3	Le métro	Les métros		
4	Le quartier	Les quartiers		
5	Le musée	Les musées		

À la découverte de la langue | 3

5. L'ALBUM DE GUSTAVE LE NAIN

A. Après un voyage à Montréal, au Québec, Gustave colle ses photos dans un album et écrit des légendes. Pouvez-vous l'aider à terminer son travail en utilisant les légendes ci-dessous ?

À Montréal, dans le métro.

- Devant la basilique Notre-Dame, sur la place d'Armes.
- Au bord du fleuve Saint-Laurent, à côté du pont.
- Dans la rue Saint-Denis, derrière un arbre.
- Sur le boulevard Saint-Laurent, dans le quartier chinois.
- Près de l'appareil photo.
- Loin de l'appareil photo.

B. Maintenant, essayez d'écrire les lieux qui peuvent suivre les prépositions suivantes.

Sur	.................................,
Dans	................................., ...,
	....
Au bord de	....
À	....

quarante-trois | 43

3 | À la découverte de la langue

6. LE CENTRE-VILLE

A. Voici le centre d'une ville française typique. Les phrases suivantes sont-elles vraies ?

	Vrai	Faux
Il n'y a pas d'école.	☐	☐
Il y a un hôpital.	☐	☐
Il y a une gare.	☐	☐
Il y a un bureau de tabac.	☐	☐
Il y a un parking.	☐	☐
Il y a un cinéma.	☐	☐
Il y a un arrêt de bus.	☐	☐
Il y a une station de métro.	☐	☐
Il y a une pharmacie.	☐	☐
Il y a des boulangeries.	☐	☐
Il y a un supermarché.	☐	☐
Il y a un restaurant.	☐	☐
Il n'y a pas de rues piétonnes.	☐	☐
Il y a des hôtels.	☐	☐
Il y a un musée.	☐	☐
Il n'y a pas d'église.	☐	☐

B. Observez les constructions avec *il y a*. Avec un camarade, complétez les exemples suivants.

Il y a	☐ hôpital.
	☐ gare.
	☐ boulangeries.
Il n'y a pas	☐ parking.
Il n'y a pas	☐ école.

7. IL Y A UN CINÉMA ?

DES SONS ET DES LETTRES

A. Écoutez les phrases suivantes : ce sont des interrogations ou des affirmations ? Mettez la ponctuation nécessaire.

B. Indiquez quelle intonation correspond à chaque phrase.

	interrogation	affirmation	↘	↗
Il y a un arrêt de bus dans la rue				
Sur la place, il y a une fontaine				
Il n'y a pas de parc dans le quartier				
Dans le centre, il n'y a pas de rues piétonnes				
Le quartier est près de la plage				
C'est un quartier tranquille				

Outils | 3

L'ARTICLE DÉFINI

	MASCULIN	FÉMININ
SINGULIER	**le** boulevard	**la** rue
	l' arbre	**l'** école
PLURIEL	**les** boulevards	**les** rues

✋ le**s** arbres   le**s** écoles
[leszarbr]   [lezekol]

- **La** place du 14 juillet se trouve à côté de **la** rue de la Paix.

L'EXPRESSION DE LA QUANTITÉ

Il n'y a **pas** de voitures.

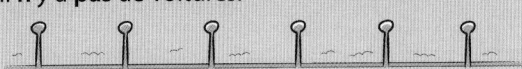

Il y a **quelques** voitures.

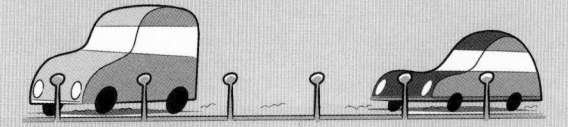

Il y a **beaucoup de** voitures.

IL Y A / IL N'Y A PAS

Pour exprimer la présence d'une personne ou d'un objet, on utilise la forme **il y a**.

| Il y a | + | ARTICLES INDÉFINIS / QUANTITATIFS |

- Dans le quartier, **il y a** | **une** école.
  | **quelques** boulangeries.
  | Émilie.
  | **des** bars.

Et pour exprimer l'absence d'une personne ou d'un objet, on utilise la forme **il n'y a pas**.

| Il n'y a pas | + | DE / D' |

- Dans le quartier, **il n'y a pas** | **de** jardins.
  | **d'** école.
  | **de** bruit.
  | **de** bars.

DÉCRIRE / QUALIFIER

C'est un quartier   ancien(ne).
C'est une ville   moderne.
                    riche.
                    multiculturel(le).
                    élégant(e).
                    bien desservi(e).
                    animé(e).

- **C'est** un quartier **assez** agréable.
- **C'est** une ville **très** polluée.

✋ Certains adjectifs se placent devant le nom.

MASCULIN	FÉMININ
C'est un **beau** quartier.	C'est une **belle** ville.
C'est un **grand** quartier.	C'est une **grande** ville.
C'est un **petit** quartier.	C'est une **petite** ville.
C'est un **vieux** quartier.	C'est une **vieille** ville.

LES PRÉPOSITIONS DE LOCALISATION

devant le carton

derrière le carton

dans le carton

à côté du carton

sur le carton

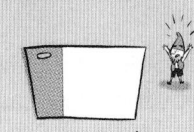

loin du carton

près du carton

au bord du lac

VIVRE

VIVRE [vi] / [viv]

je vis   nous vivons
tu vis   vous vivez
il / elle / on vit   ils / elles vivent

✋ [vi]

3 | Outils en action...

8. VOICI NOTRE QUARTIER !
À deux, choisissez un quartier que vous connaissez bien. À l'aide des phrases suivantes, préparez sa description. Le reste de la classe doit deviner quel est ce quartier et peut poser des questions.

C'est un quartier...
- sympa.
- très joli.
- cher.
- assez tranquille.
- ...

Dans notre quartier, il y a...
- une station de métro.
- beaucoup de circulation.
- des bars et des restaurants partout.
- un grand parc.
- des rues commerçantes.
- ...

Dans notre quartier, il n'y a pas...
- de rues piétonnes.
- de cinémas.
- de métro.
- de musées.
- ...

Il est près...
- de la mer.
- du fleuve.
- du centre.
- ...

● Notre quartier, c'est un quartier assez tranquille. Il est près du fleuve et...
○ Il est près du centre ?

9. IL Y A UNE PLAGE À PARIS ?
A. Pensez-vous que l'on trouve ces différents éléments à Paris ?

- des vignes
- des plages
- une pyramide
- un téléphérique
- des pistes de ski
- des gratte-ciel

B. Écoutez Stéphane et Monique qui parlent de Paris et vérifiez avec un camarade si l'on y trouve les éléments de l'activité A. Si c'est le cas, précisez où ils se trouvent.

Piste 16

10. NOTRE QUARTIER IDÉAL

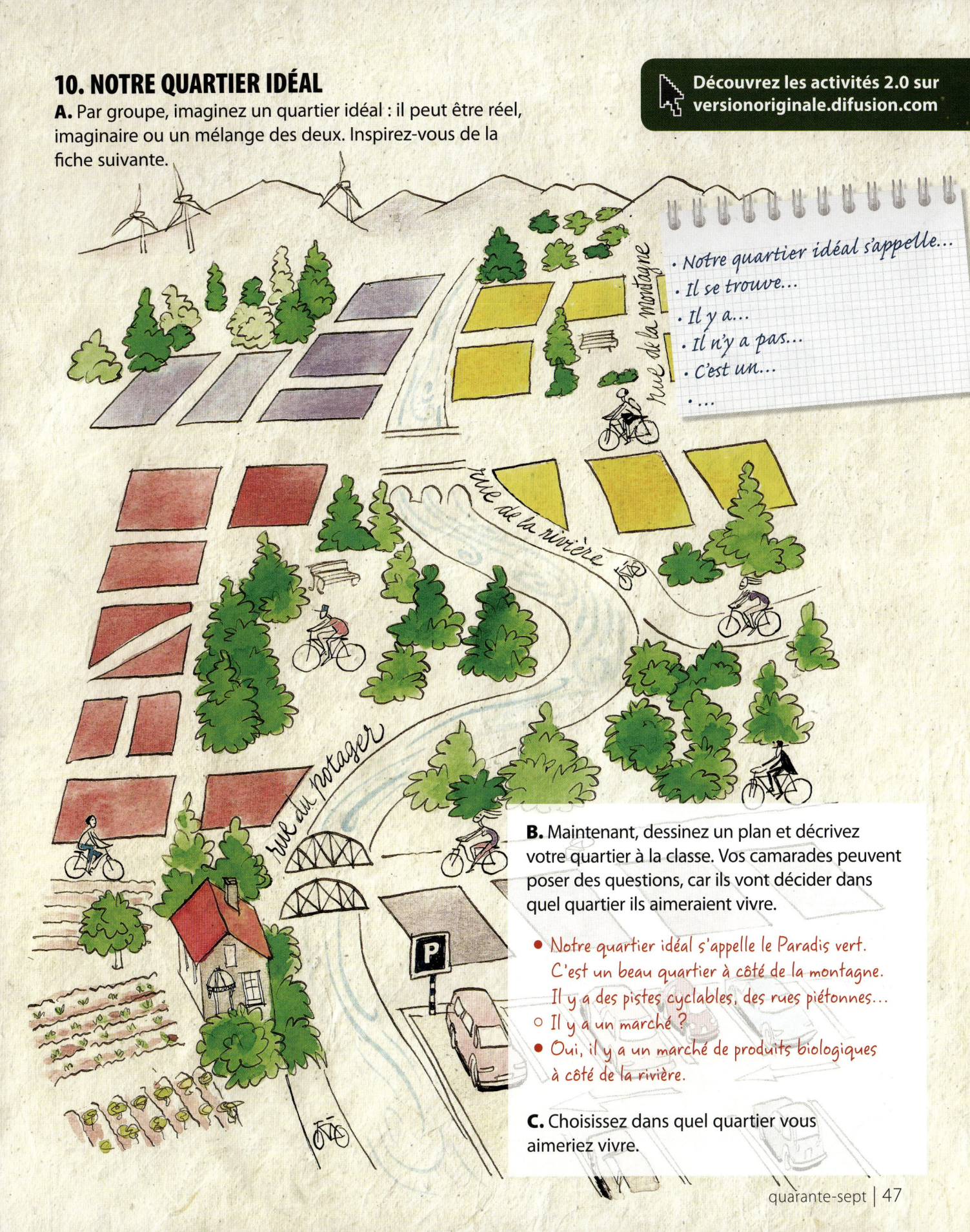

A. Par groupe, imaginez un quartier idéal : il peut être réel, imaginaire ou un mélange des deux. Inspirez-vous de la fiche suivante.

Découvrez les activités 2.0 sur versionoriginale.difusion.com

- Notre quartier idéal s'appelle…
- Il se trouve…
- Il y a…
- Il n'y a pas…
- C'est un…
- …

rue de la montagne
rue de la rivière
rue du potager

B. Maintenant, dessinez un plan et décrivez votre quartier à la classe. Vos camarades peuvent poser des questions, car ils vont décider dans quel quartier ils aimeraient vivre.

● Notre quartier idéal s'appelle le Paradis vert. C'est un beau quartier à côté de la montagne. Il y a des pistes cyclables, des rues piétonnes…
○ Il y a un marché ?
● Oui, il y a un marché de produits biologiques à côté de la rivière.

C. Choisissez dans quel quartier vous aimeriez vivre.

3 | Regards sur...

VILLE OU VILLAGE ?

Les logements en France peuvent être de différents types. En ville ou à la campagne, l'architecture est variée et s'adapte au style de vie de ses habitants.

« J'habite un appartement dans **La Cité radieuse** à Marseille, construite par Le Corbusier l'inventeur de « l'Unité d'habitation », ou du logement collectif. Ce sont des bâtiments aux formes particulières (zig-zag, gratte-ciel…), avec des façades, des couloirs et des pièces peintes de couleurs différentes. La Cité radieuse est une ville à la verticale sur 18 étages ! L'architecte a même prévu des commerces, un hôtel et, sur le toit, une école maternelle, un gymnase et une piscine ! »

Sophie Richard, 35 ans, Marseillle

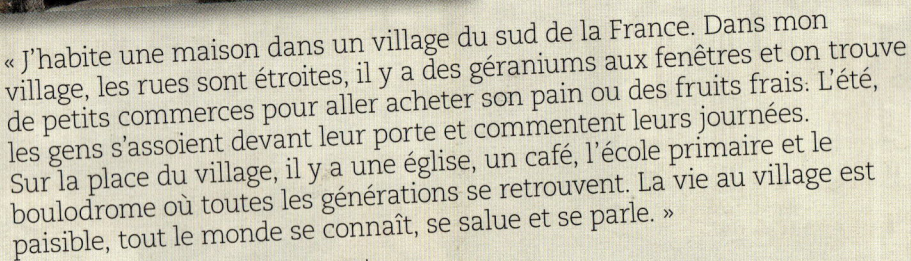

« J'habite une maison dans un village du sud de la France. Dans mon village, les rues sont étroites, il y a des géraniums aux fenêtres et on trouve de petits commerces pour aller acheter son pain ou des fruits frais. L'été, les gens s'assoient devant leur porte et commentent leurs journées. Sur la place du village, il y a une église, un café, l'école primaire et le boulodrome où toutes les générations se retrouvent. La vie au village est paisible, tout le monde se connaît, se salue et se parle. »

Michel Lecocq, 56 ans, Le Viala

ON TOURNE !

SUR LES PAS D'ÉMILIE

A. Quand Émilie se promène dans son quartier, on voit :

- ☐ un théâtre.
- ☐ un cinéma.
- ☐ un bar.
- ☐ une boucherie.
- ☐ une église.
- ☐ une pharmacie.
- ☐ des fleurs.
- ☐ des arbres.
- ☐ un bus.
- ☐ un métro.
- ☐ une boulangerie.
- ☐ un restaurant.
- ☐ un hôtel.
- ☐ une dame à sa fenêtre.

B. À votre avis, le quartier d'Émilie, est…

	Oui / Non	Pourquoi
beau		
romantique		
bruyant		
agréable		

Regards sur... | 3

« J'habite un appartement dans le quartier moderne d'**Antigone** à Montpellier. J'ai tout à portée de main : la vie familiale et la vie professionnelle. Antigone a été construit il y a trente ans environ par l'architecte Ricardo Bofill. Dans ce quartier, les références à la Grèce antique sont nombreuses : statues mythologiques, colonnes, fontaines où se baignent dieux et déesses... Mais l'architecte a aussi pensé à construire un centre commercial, une piscine olympique, une bibliothèque, des commerces, des bars, des restaurants et des bureaux. »

Lucie Loit, 31 ans, Montpellier

« J'habite dans un lotissement de la banlieue de Nantes, dans une petite maison entourée de petits jardins. Mon lotissement est assez éloigné du centre-ville, il y a peu de commerce, un petit parc avec des balançoires et un toboggan pour les enfants... Les gens se connaissent bien, s'entraident et les enfants jouent et grandissent ensemble. »

Philippe Gasset, 38 ans, Nantes

11. DIS-MOI OÙ TU HABITES...
Et vous, où habitez-vous ? Et vos amis ?

C. Pouvez-vous répondre ?

▸ Comment Émilie se présente-t-elle ?

....

▸ Que boit-elle à la terrasse du café des Dames ?

....

▸ Que fait-elle à la terrasse du café ?

....

▸ Qu'achète-t-elle chez le fleuriste ?

....

D. Et vous...

▸ Le quartier d'Émilie ressemble-t-il à un quartier que vous connaissez ? Lequel ?

....

....

▸ Aimeriez-vous habiter dans ce quartier de Paris ?

4

Tes amis sont mes amis

À la fin de cette unité, nous serons capables de décider qui nous souhaitons inviter en classe.

Pour cela, nous allons apprendre à :
- exprimer des goûts et des intérêts
- parler de la première impression que produit quelqu'un et de son caractère
- parler de notre entourage
- présenter et décrire quelqu'un

Nous allons utiliser :
- le présent des verbes en –er
- les formes de la négation
- les adjectifs possessifs
- le lexique des liens de parenté
- le lexique des loisirs

Nous allons travailler le point de phonétique suivant :
- la prononciation des verbes à une base (aimer)

Mon frère et moi sur la place du Capitole à Toulouse

Carnaval à Nice avec les copains

Ma cousine et moi devant le Sacré-Cœur à Paris

Premier contact

1. LE MONDE DE LUCILE

A. Regardez les photos de Lucile. À votre avis, que signifie...

- mes parents
- ma meilleure amie
- mon frère
- ma cousine
- mon petit ami

B. Et vous, comment s'appellent vos meilleurs amis ?

Mon meilleur ami s'appelle ....

Ma meilleure amie s'appelle ....

Pique-nique avec mon petit ami

Avec mes parents devant Notre-Dame de Paris

À vélo, avec ma meilleure amie

cinquante et un | 51

4 | Textes et contextes

2. BIENVENUE CHEZ DANY BOON !

A. Un magazine propose un quiz sur le comédien Dany Boon dans ses pages loisirs. À deux, trouvez les bonnes réponses.

Le quiz Dany Boon

_____ est son vrai nom.
_____ est son lieu de naissance.
Sa mère s'appelle _____
Sa femme s'appelle _____
Il a _____
_____ est son année de naissance.
Sa passion est _____
Son premier spectacle s'appelle _____
Son grand succès est _____
Son sport préféré est _____
Son signe astrologique est _____

- Danielle
- le golf
- Bienvenue chez les Ch'tis
- le cancer
- Armentières
- le dessin
- Yaël
- Daniel Hamidou
- deux frères
- 1966
- Je vais bien, tout va bien

• Sa femme s'appelle Danielle ?
◦ Non, c'est le prénom de sa mère.

B. À votre tour, écrivez cinq informations sur vous-même autour de l'étoile et échangez-la avec celle d'un camarade.

C. Maintenant, dites au reste de la classe deux choses intéressantes que vous pouvez déduire sur votre camarade.

• Barcelone est la ville préférée de Sonia.
◦ Non, c'est mon lieu de naissance.

Textes et contextes | 4

3. RECHERCHE CORRESPONDANT

A. Sur ce site, des étudiants en langues laissent des messages pour rencontrer des correspondants. Remplissez une fiche pour chaque personne.

> Prénom : .... Âge : ....
> Ville : ....
> Il aime : ....
> ....

TROUVEZ UN CORRESPONDANT !

DÉJÀ INSCRIT(E) ?

Sujet : Je cherche un correspondant
Auteur : Mark
Date : 23/09

✏️ Salut ! Je m'appelle Mark. Je suis martiniquais et j'habite à Fort-de-France. J'ai 26 ans, je suis professeur de musique et j'adore apprendre des langues. J'étudie l'anglais, l'espagnol et je parle quelques mots d'italien. J'aime aussi la cuisine, sortir avec mes amis mais ma grande passion est la musique. À bientôt !

répondez ici ! ➤

Sujet : Je cherche un correspondant
Auteur : Christophe
Date : 25/09

✏️ Salut à tous ! Je suis de Nîmes. J'ai 28 ans et je m'appelle Christophe. Je parle l'anglais et l'italien et j'apprends le chinois. J'aime le ciné et le théâtre, j'adore lire et je pratique des sports d'hiver (j'adore passer des week-ends à la montagne !). J'aime aussi sortir le soir avec mes copains. Écrivez-moi !

répondez ici ! ➤

Sujet : Je cherche un correspondant
Auteur : Philippe
Date : 25/09

✏️ Bonjour de Bordeaux ! Je m'appelle Philippe, je travaille dans l'informatique et j'ai 24 ans. Je parle l'anglais et l'espagnol et j'apprends l'italien. J'aime la natation, le vélo, le ski et le tennis… bref, je suis très sportif. J'adore voyager et je fais aussi de la photographie et de la vidéo.

répondez ici ! ➤

B. Ces trois personnes ont aussi posté des messages audio sur ce site. Écoutez-les. Qui parle dans chaque cas ?
Piste 17

1 ....
2 ....
3 ....

C. Maintenant que vous les connaissez mieux, que pensez-vous de ces personnes ?

Il a l'air sympa : ....
Il est (très) beau : ....
Il a l'air timide : ....

D. Avec qui aimeriez-vous correspondre ?

● Moi, avec Christophe.

cinquante-trois | 53

4 | À la découverte de la langue

4. JE SUIS FAN !

A. Afin de mieux connaître les goûts de ses lecteurs, un magazine demande à quelques personnes quels sont leurs artistes préférés. Lisez leurs réponses. Qui dans la classe connaît ces artistes ?

Quels sont les goûts de nos lecteurs ?

Martine Dudemaine, 66 ans

Quel est votre acteur français préféré ?
Louis de Funès. J'adore tous ses films !
Et votre actrice préférée ?
Catherine Deneuve.
Votre groupe français préféré ?
Je n'ai pas de groupe préféré.
Mais vous avez un chanteur ou une chanteuse préférée ?
Oui, ma chanteuse préférée est Barbara.

Guillaume Agostini, 16 ans

Quel est ton acteur préféré ?
Mes acteurs préférés sont Will Smith et Jamel Debbouze.
Et ton actrice préférée ?
Angelina Jolie.
Et ton groupe préféré ?
Les BB Brunes.
Et ta chanteuse préférée ?
Diam's. J'adore son style et sa voix.

Caroline Monfard, 27 ans

Quel est votre acteur préféré ?
Jude Law.
Et votre actrice préférée ?
Audrey Tautou.
Votre groupe préféré ?
Tryo. Je suis fan !
Et votre chanteur ou chanteuse préféré(e) ?
Mon chanteur préféré est Bénabar.

B. Les mots soulignés dans le texte sont des possessifs. Complétez le tableau.

LES POSSESSIFS	MASCULIN SINGULIER	FÉMININ SINGULIER	PLURIEL
1re PERS. SING. (JE)	mon chanteur préféré	chanteuse préférée	groupes préférés
2e PERS. SING. (TU)	chanteur préféré	chanteuse préférée	groupes préférés
3e PERS. SING. (IL / ELLE)	chanteur préféré	chanteuse préférée	groupes préférés
VOUS DE POLITESSE	chanteur préféré	chanteuse préférée	groupes préférés

C. Le journaliste s'adresse-t-il de la même façon aux trois personnes ? Que remarquez-vous ?

D. Et vous, quels sont vos goûts ? Comparez-les avec ceux d'un camarade.

Quel est votre / ton acteur préféré ?

....
Et votre / ton actrice préférée ?

....
Votre / Ton groupe préféré ?

....
Et votre / ton chanteur préféré ?

À la découverte de la langue | 4

5. COMBIEN DE LANGUES PARLEZ-VOUS ?

A. Lors d'un *chat*, Fatima commente avec une « cyberamie » espagnole les langues qu'elle connaît. Combien de langues parle-t-elle ?

B. Soulignez les différentes formes du verbe **parler** dans le *chat* précédent puis complétez le tableau.

PARLER

je parl◯ français.

tu parl◯ espagnol ?

il / elle / on parl◯ allemand.

nous parl◯ polonais.

vous parl◯ anglais ?

ils / elles parl◯ italien.

le chat des langues
Des amis avec qui communiquer en langues étrangères

ACCUEIL | INSCRIPTION | MEMBRES

LOGIN
PSEUDO :
MOT DE PASSE :
CONNEXION

VOUS ÊTES DÉJÀ CONNECTÉ AVEC LE PSEUDO FATIMA

ÉCRIVEZ ICI :

Bibi75 : Je cherche quelqu'un pour pratiquer le français…

Fatima : Cool, je suis belge, de Bruxelles.

Bibi75 : Alors tu parles français !

Fatima : Oui et je parle aussi néerlandais.

Bibi75 : Tu étudies le néerlandais à l'école ?

Fatima : Oui et l'anglais aussi.

Bibi75 : Mais à la maison, quelle langue parlez-vous ?

Fatima : Ben, mes parents sont marocains. Avec moi, ils parlent arabe.

Bibi75 : Alors vous parlez arabe à la maison ?

Fatima : Oui mais, avec mon frère, nous parlons aussi français.

Bibi75 : Intéressant…

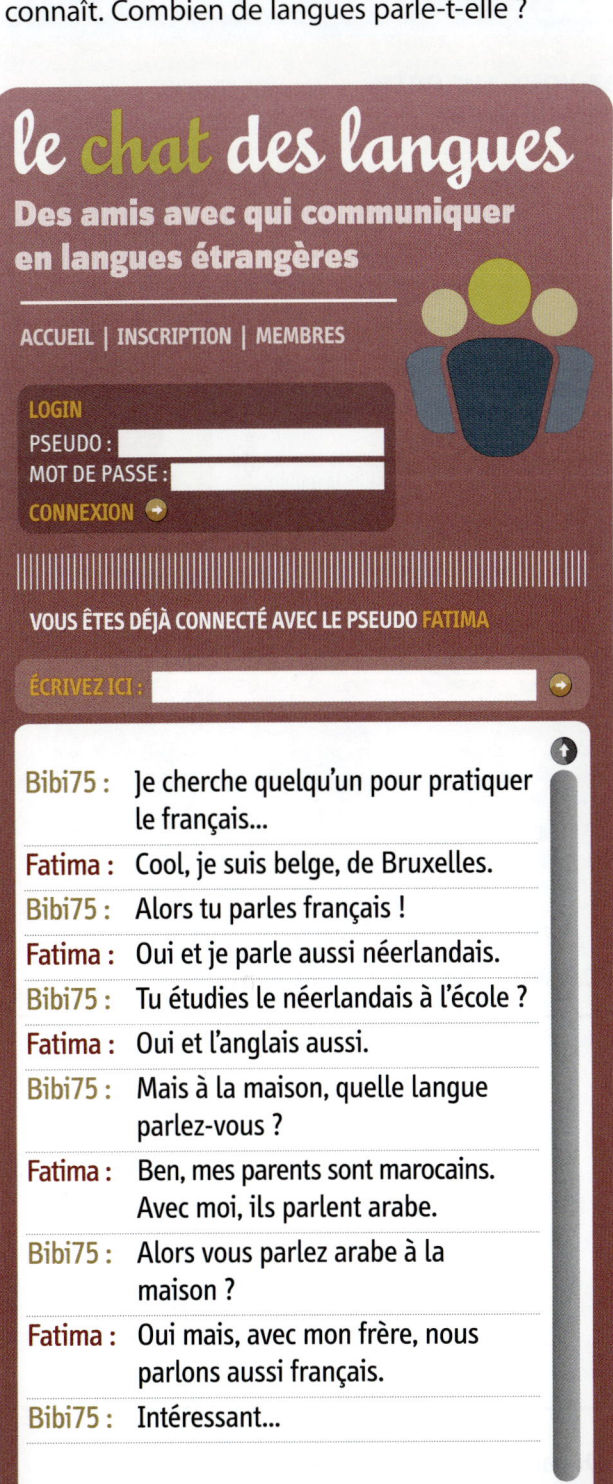

Ajouter à vos favoris - Envoyer ce lien à vos amis - Aide - Contact

C. Et vous, quelles langues parlez-vous dans votre famille ? Et avec vos amis ?

● À la maison, nous parlons allemand et espagnol. Ma mère est espagnole et mon père est allemand, mais il parle très bien espagnol…

DES SONS ET DES LETTRES

D. Écoutez maintenant la prononciation des six formes. Il y en a quatre qui se prononcent de la même façon [ɛm]. Lesquelles ? Entourez-les.

Piste 18

J'aime
Tu aimes
Il aime
Nous aimons
Vous aimez
Ils aiment

cinquante-cinq | 55

4 | À la découverte de la langue

6. J'ADORE SORTIR AVEC MES AMIS

A. Sonia s'inscrit sur un site de rencontres. Marquez avec un ☺ les activités qu'elle aime faire et avec un ☹ celles qu'elle n'aime pas faire.

Amis sur le net

Inscrivez-vous sur notre site de rencontres !

DÉJÀ INSCRIT(E) ?
votre pseudo | password

Prénom :	Sonia
Âge :	28
J'adore :	le ski
J'aime beaucoup :	chanter
J'aime :	la piscine
Je n'aime pas :	la télévision, faire du jardinage
Je déteste :	faire du bricolage
Mes activités :	je fais de l'escrime, et de la guitare

Inscription | Conseils | Conditions générales | Affiliation | Publicité / Annonceurs | Presse | Copyright

B. Observez la structure *je n'aime pas*. Que remarquez-vous ? Commentez avec votre professeur la formation des phrases négatives.

▸ Je ne parle pas anglais.
▸ Je n'aime pas le ski.
▸ Il n'étudie pas le français.

LA NÉGATION

Je [ ] + parle + [ ]

Je [ ] + aime + [ ]

C. Faites-vous ces activités ?

		oui	non
	de la musculation.	☐	☐
	de la guitare.	☐	☐
	de la danse.	☐	☐
Moi, je fais	du vélo.	☐	☐
	du piano.	☐	☐
	du jardinage.	☐	☐
	du rugby.	☐	☐
	du bricolage.	☐	☐

D. Faites-vous d'autres activités ? Comment se nomment-elles en français ? Aidez-vous du dictionnaire.

• Moi, je fais de l'escalade. J'adore ça !

Outils | 4

PARLER DU CARACTÈRE

- Il / elle est (très) | gentil(le). / intelligent(e). / drôle.

- Il / elle est (un peu / très) | timide. / bizarre.

✋ Il est un peu gentil / intelligent / sympathique.

PARLER DE LA PREMIÈRE IMPRESSION

- Il / elle a l'air | sympa. / intelligent(e). / drôle. / gentil(le). / timide.

MON ENTOURAGE

Ma famille
Mon père
Ma mère
Mon frère
Ma sœur
Mon fils / ma fille
Mon mari / ma femme

Mes amis
Mon ami Marc
Mon amie Sophie
Mon petit ami / ma petite amie

MOI

Mon travail
Mon / ma collègue
Mon / ma chef

À la maison
Mes voisins
Mes colocataires

✋ ma amie Mélanie
mon amie Mélanie

PARLER DE SES ACTIVITÉS

Je **fais de la** natation et **de l'**escrime.
Il **fait du** piano et **de la** guitare.

LA NÉGATION

Il aime. ↔ Il **n'**aime **pas**.
Je suis timide. ↔ Je **ne** suis **pas** timide.

SUJET + ne + VERBE + pas

VERBES EN -ER

AIMER [ɛm]

j'aime   nous aimons
tu aimes   vous aimez
il / elle / on aime ils / elles aiment

✋ [ɛm]

FAIRE

FAIRE [fɛ]

je fais   nous faisons
tu fais   vous faites
il / elle / on fait ils / elles font

✋ [fɛ]

LES GOÛTS

Papi, tu aimes le rock ?
Oui, j'adore !

AIMER + NOM : J'aime la danse.
AIMER + INFINITIF : J'aime danser.

+ J'**adore** danser.
↑ J'**aime beaucoup** l'équitation.
  J'**aime bien** faire de la guitare.
  Je **n'aime pas trop** jardiner.
  Je **n'aime pas** bricoler.
↓ Je **n'aime pas du tout** cuisiner.
− Je **déteste** la musique classique.

cinquante-sept | 57

4 | Outils en action...

7. JE SUIS QUELQU'UN D'ASSEZ TIMIDE

A. Utilisez cette fiche pour vous aider et écrivez sur une feuille votre propre description.

B. Maintenant, votre professeur ramasse toutes les feuilles et les redistribue. Lisez la description que vous avez reçue. De qui s'agit-il ?

Moi, je suis...
- Je suis quelqu'un de très / un peu / …
- Pendant mon temps libre, je fais…
- Mon acteur / chanteur préféré est…
- Mon actrice / ma chanteuse préférée est…
- J'aime… / je déteste…

Qui suis-je ?

8. C'EST UN HOMME...

A. Écoutez le groupe d'amis qui jouent au jeu des devinettes. De quelles célébrités parlent-ils ?

Piste 19

1 ....
2 ....
3 ....
4 ....

Brad Pitt
Astérix
Audrey Tautou
Rafael Nadal
Madonna

B. À vous de jouer ! Préparez la description d'une célébrité ou d'un personnage de fiction. Ensuite, lisez-la à vos camarades : ils doivent deviner de qui il s'agit. Ils peuvent vous poser des questions.

- C'est un homme de 30 ans environ. Il est français d'origine antillaise. Il est beau et il a l'air très sympa. C'est un sportif connu.
○ Il fait du foot ?
- Oui !
○ C'est Thierry Henry !

LES MOTS POUR AGIR

une petite fille
une jeune femme
une femme

un petit garçon
un jeune homme
un homme

et tâches | 4

9. J'AIMERAIS CONNAÎTRE...

A. Imaginez que vous pouvez inviter en classe quelqu'un de votre entourage ou un personnage de fiction de votre choix. Préparez sa description.

> **Découvrez les activités 2.0 sur** versionoriginale.difusion.com

- Personne choisie
- Lien avec vous
- Profession
- Âge
- Première impression qu'il /elle donne
- Personnalité et qualités
- Goûts et loisirs

B. Maintenant, décrivez votre invité à la classe. Puis, écoutez les descriptions de vos camarades pour choisir, parmi les personnes décrites, celle que vous aimeriez connaître. Prenez des notes. Si nécessaire, posez des questions.

- Mon invité s'appelle Samuel. C'est mon meilleur ami. Il a 30 ans et il est professeur de danse dans une école. C'est un homme très sympa. Il aime beaucoup voyager et...
- Il est beau ?
- Oui...

Samuel :
meilleur ami de Carla
30 ans
prof de danse
beau !

C. Chaque élève de la classe doit expliquer quel est l'invité de son choix, en plus du sien, et pourquoi.

- J'aimerais connaître Jacob, le frère de Laura. Il a l'air gentil ; il est sportif. En plus, il fait du vélo, comme moi, et il aime le cinéma.

4 | Regards sur...

TOP 10 : LES CHOUCHOUS DES FRANÇAIS

1 **Yannick Noah** né en 1960 à Sedan, France. Ex-joueur de tennis et chanteur.

2 **Dany Boon** (Daniel Hamidou) né en 1966 à Armentières, France. Comédien.

3 **Zinedine Zidane** né en 1971 à Marseille, France. Ex-footballeur.

4 **Nicolas Hulot** né en 1955 à Lille, France. Reporter, écologiste et écrivain.

5 **Mimie Mathy** née en 1957 à Lyon, France. Humoriste, actrice et chanteuse.

6 **Sœur Emmanuelle** (Madeleine Cinquin) née en 1908 à Bruxelles, Belgique (décédée en 2008). Religieuse.

7 **Charles Aznavour** (Shahnourh Varinag Aznavourian) né en 1924 à Paris, France. Chanteur et compositeur.

8 **Francis Cabrel** né en 1953 à Astaffort, France. Chanteur et compositeur.

9 **Jean Reno** (Juan Moreno) né en 1948 à Casablanca, Maroc. Acteur.

10 **Renaud** (Renaud Séchan) né en 1952 à Paris, France. Chanteur et compositeur.

CLASSEMENT ÉTABLI PAR LE JDD EN 2008 VIA SONDAGE IFOP.

10. LES PLUS AIMÉS

A. Connaissez-vous ces 10 personnes ? Observez la liste et repérez :
- le nombre d'hommes et de femmes,
- les métiers les plus représentés,
- les lieux de naissance et les âges de ces personnes.

Connaissez-vous d'autres célébrités françaises ?

B. La personne la plus aimée des Français se décrit elle-même comme « métis(se) ». Le concept « de métis(se) » vous est-il familier ? Y a-t-il dans votre pays ou dans votre ville beaucoup de cas de métissage ?

Regards sur... | 4

La personne la plus populaire de cette liste est **Yannick Noah**, ancien joueur de tennis, ex-capitaine de l'équipe de France et chanteur. La famille de Yannick Noah est un exemple de famille multiculturelle : il est le fils d'un ancien joueur de football d'origine camerounaise et d'une enseignante française. Dans ses chansons, Yannick Noah parle souvent de ses origines, comme dans la célèbre « Saga Africa », sa première chanson ou dans « Métis(se) ».

Métis(se)

« Je suis métis, un mélange de couleurs oh oh
Oh métis, qui viens d'ici et d'ailleurs
Je suis métis, un mélange de couleurs oh oh
Oh métis, je viens d'ici et d'ailleurs oh oh »

Yannick Noah et Disiz la Peste

C. Et chez vous ? Par groupes de deux ou trois, dressez le Top 10 des personnes qui, selon vous, sont les plus aimés dans votre pays. Indiquez leur date et lieu de naissance ainsi que leur profession.

ON TOURNE !

FAN DE ...

A. Où se trouvent les personnes qui sont interviewées ? (pour vous aider : rue, magasin, salle de concert)

B. Dans quel ordre les personnes sont-elles interrogées ?

.... une femme avec des boucles d'oreille rouges
.... un jeune homme avec des lunettes blanches
.... une jeune femme avec une écharpe rouge
.... un jeune homme avec une barbe
.... une femme avec une casquette et des lunettes

C. De qui parlent-elles ?

- ☐ Johnny Hallyday
- ☐ Patricia Kaas
- ☐ Charles Aznavour
- ☐ Michel Sardou
- ☐ Jean-Sébastien Bach
- ☐ Berlioz
- ☐ Mozart
- ☐ Rachmaninov
- ☐ Eddy Mitchell
- ☐ Michael Jackson

Et vous ? Connaissez-vous un de ces artistes ?

D. Que provoque la musique en eux ?

	oui	non		oui	non
Elle les transporte.			Elle leur donne de l'énergie.		
Elle les fait dormir.			Elle leur fait passer le temps.		
Elle les fait bouger.			Elle les rend euphorique.		

E. Aimez-vous la musique française ? Quelle musique est à la mode dans votre pays en ce moment ? L'aimez-vous ?

soixante et un | 61

Entraînement à l'examen du **DELF A1**

Lors de ces épreuves, vous allez répondre à des questions de compréhension simples portant sur quelques documents auditifs courts : annonces vocales, messages sur répondeur, dialogues en situation, etc.

25 points

QUELQUES CONSEILS POUR L'EXAMEN

- L'annonce vocale est une annonce similaire à celles qu'on entend dans une gare ou un aéroport. Lors de l'examen, on vous la passera deux fois.

- Dans l'exercice d'association dialogue-image, vous devez associer des extraits de dialogues à des images.

- Dans l'exercice de compréhension du message sur répondeur, vous devez cocher les réponses correctes dans un questionnaire à choix multiples. Vous devez comprendre les informations principales et, parfois, identifier des chiffres.

- Dans l'exercice de dialogue en situation, on vous demande quelques informations très simples : où se déroule le dialogue et ce qu'on demande dans ce dialogue.

EXERCICE 1
Piste 20

Vous allez entendre 2 fois un document. Vous aurez 15 secondes de pause entre les 2 écoutes, puis 30 secondes pour vérifier vos réponses. Lisez d'abord les questions.

Vous êtes dans un aéroport.

1. Le message annonce...

☐ un avion à destination de Montréal.
☐ un avion à destination de Marseille.
☐ un avion à destination de Manchester.

2. On prie les passagers de se diriger...

☐ vers la porte 12.
☐ vers la porte 2.
☐ vers la porte 112.

EXERCICE 2
Piste 21

Vous allez entendre 2 fois un document. Vous aurez 15 secondes de pause entre les 2 écoutes, puis 30 secondes pour vérifier vos réponses. Lisez d'abord les questions.

1. Qui téléphone ?

☐ Philippe.
☐ Ferdinand.
☐ Fabien.

2. L'école se trouve...

☐ dans la rue de la Mairie.
☐ sur la place de la Mairie.
☐ dans la mairie.

3. L'école se trouve...

☐ près de l'arrêt de bus.
☐ loin de l'arrêt de bus.
☐ près de la gare routière.

Compréhension de l'oral

EXERCICE 3
Piste 22

Vous allez entendre plusieurs petits dialogues correspondant à des situations différentes. Vous aurez 15 secondes de pause après chaque dialogue, puis vous entendrez à nouveau les dialogues et vous pourrez compléter vos réponses. Regardez d'abord les images. Associez chaque situation à un dialogue.
Attention : il y a 5 images, mais seulement 4 dialogues.

EXERCICE 4
Piste 23

Vous allez entendre plusieurs petits dialogues correspondant à des situations différentes. Vous aurez 15 secondes de pause après chaque dialogue, puis vous entendrez à nouveau les dialogues et vous pourrez compléter vos réponses. Lisez d'abord les questions.

Situation 1	Situation 2	Situation 3	Situation 4
Où est-ce ?	**Qu'est-ce qu'on demande ?**	**Où est-ce ?**	**Qu'est-ce qu'on demande ?**
☐ En classe.	☐ L'acteur préféré.	☐ Dans une station de métro.	☐ Les langues qu'on parle.
☐ Dans un restaurant.	☐ L'actrice préférée.	☐ À l'aéroport.	☐ L'adresse.
☐ Dans une station de métro.	☐ La chanteuse préférée.	☐ Dans le bus.	☐ Le numéro de téléphone.

soixante-trois | 63

Journal d'apprentissage

AUTOÉVALUATION

1. Compétences visées dans les unités 3 et 4	Je suis capable de...	J'éprouve des difficultés à...	Je ne suis pas encore capable de...	Exemples
exprimer l'existence et l'absence avec **il y a...**				
exprimer la localisation avec **être** et **se trouver**				
décrire et qualifier une ville ou un quartier avec **c'est un(e)** + nom + adjectif, **c'est un(e)** + adjectif + nom				
exprimer des goûts et des intérêts avec **aimer**				
parler de la première impression que fait quelqu'un avec **avoir l'air** et du caractère avec **être** + adjectif				
parler des personnes de mon entourage avec les possessifs				
présenter et décrire des personnes				

2. Connaissances visées dans les unités 3 et 4	Je connais et j'utilise facilement...	Je connais mais n'utilise pas facilement...	Je ne connais pas encore...
les articles définis : **le, la, l', les**			
les quantitatifs : **deux, trois... , plusieurs, beaucoup...**			
les prépositions de lieu : **dans, sur, à côté...**			
les adjectifs qualificatifs pour parler des villes et des quartiers			
le présent des verbes en –er : **habiter**			
l'intonation des phrases affirmatives et quelques interrogatives			
les adjectifs possessifs : **ma, ta, sa...**			
le lexique des liens de parenté			
le lexique des activités de loisir			
les formes de la négation			
le présent des verbes en –er : **parler**			
la prononciation des verbes à une base : **aimer**			

Unités **3** et **4**

BILAN

Mon usage actuel du français	☀	⛅	☁	☁☁
quand je lis				
quand j'écoute				
quand je parle				
quand j'écris				
quand je réalise les tâches				

Ma connaissance actuelle	☀	⛅	☁	☁☁
de la grammaire				
du vocabulaire				
de la prononciation et de l'orthographe				
de la culture				

À ce stade, mes points forts sont : ....

....

À ce stade, mes difficultés sont : ....

....

Des idées pour améliorer	en classe	à l'extérieur (chez moi, dans la rue…)
mon vocabulaire		
ma grammaire		
ma prononciation et mon orthographe		
ma pratique de la lecture		
ma pratique de l'écoute		
mes productions orales		
mes productions écrites		

Si vous le souhaitez, discutez-en avec vos camarades.

5
Jour après jour

QUELS SONT VOS MEILLEURS MOMENTS DE LA SEMAINE ?

Le mercredi après-midi. Je ne travaille pas et je fai[s] du vélo avec mon fils.

Le lundi soir. Je chante dans une chorale.

Le samedi soir, quand je sors avec mes amis.

À la fin de cette unité, nous serons capables de faire une enquête sur nos habitudes et de remettre des prix à des camarades de classe.

Pour cela, nous allons apprendre à :
- parler de nos habitudes
- exprimer l'heure
- nous informer sur la fréquence, l'heure et le moment
- exprimer la ressemblance et la différence

Nous allons utiliser :
- les verbes pronominaux
- le présent des verbes **aller** et **sortir**
- les adverbes de temps
- le lexique des loisirs
- le lexique des jours de la semaine et des moments de la journée

Nous allons travailler le point de phonétique suivant :
- le [ə]

Premier contact

1. LES MEILLEURS MOMENTS DE LA SEMAINE

A. Voici les meilleurs moments de la semaine de sept personnes. Faites-vous aussi ces activités ? Quand ?

• Moi aussi, je…

le lundi	le vendredi
le mardi	le samedi
le mercredi	le week-end
le jeudi	le dimanche

B. Et vous, quel est votre moment préféré de la semaine ?

• Mon moment préféré, c'est le vendredi soir quand je…

Le week-end. Je me lève tard et je prends le petit déjeuner en famille.

Le dimanche matin, quand je vais faire le marché.

Le mardi à 18h30, après les cours, je regarde ma série préférée.

Tous les matins, quand je cours sur la plage.

5 | Textes et contextes

2. VOTRE IMAGE ET VOUS
A. Le magazine *Toi* publie ce test. Répondez en toute sincérité.

Miroir, mon beau miroir…

Votre image est-elle importante pour vous ?

1 Combien de temps mettez-vous le matin pour vous habiller ?
A. Une heure.
B. Minimum 20 minutes.
C. Cinq minutes maximum.

2 Vous allez chez le coiffeur…
A. une fois par mois.
B. quatre ou cinq fois par an.
C. pas souvent.

3 Utilisez-vous des crèmes pour votre peau ?
A. Oui, tous les jours.
B. Oui, parfois.
C. Non, jamais.

4 Vous maquillez-vous ou vous rasez-vous tous les jours ?
A. Oui, tous les jours.
B. Non, seulement de temps en temps.
C. Je ne me maquille jamais / je ne me rase jamais.

5 Vous vous parfumez…
A. tous les jours.
B. rarement.
C. jamais.

6 Vous regardez-vous souvent dans les miroirs ?
A. Oui, chaque fois que je passe devant un miroir ou devant une vitrine de magasin.
B. Non, pas souvent ; juste le matin.
C. Non, presque jamais.

7 Faites-vous du sport ?
A. Oui, au moins trois fois par semaine.
B. Oui, le week-end / une fois par semaine.
C. Non, jamais.

Comptez vos réponses et regardez les résultats.
Nombre de réponses :
A ○ B ○ C ○

Résultats

Majorité de A
Votre image est très importante pour vous et vous aimez séduire… un peu trop, peut-être ?

Majorité de B
Votre image est importante pour vous, mais vous savez que ce n'est pas l'essentiel. Bravo !

Majorité de C
Votre image n'est peut-être pas si importante pour vous, mais attention… vous vivez en société et votre image compte pour votre entourage !

B. Par petits groupes, comparez vos réponses. Qui est le plus soucieux de son image ?

● Moi, j'ai une majorité de réponses A, et vous ?
○ Moi…

3. LE PLUS GOURMAND

A. Connaissez-vous le monde des animaux ? Associez l'animal avec le texte qui lui correspond.

LE MONDE DES ANIMAUX

- mange entre 10 à 20 kg de bambous par jour.
- se lave environ 20 fois par jour.
- peut courir à une vitesse de 100 km à l'heure.
- soulève cinquante fois son propre poids et trente fois le volume de son corps.
- vit dans une communauté très structurée où chaque groupe réalise un travail déterminé.
- aime beaucoup la chaleur et dort pendant les mois d'hiver, d'octobre à avril.

Le panda — *La fourmi* — *La tortue* — *Le guépard* — *Le chat* — *L'abeille*

……………… est l'animal le plus paresseux.   ……………… est l'animal le plus gourmand.
……………… est l'animal le plus propre.   ……………… est l'animal le plus organisé.
……………… est l'animal le plus rapide.   ……………… est l'animal le plus fort.

B. Et vous ? Que dit-on de vous ? Discutez-en avec votre voisin. Aidez-vous du dictionnaire.

Mes parents pensent que je suis ………………

Mes amis pensent que je suis ………………

Mes collègues pensent que je suis ………………

Mes professeurs pensent que je suis ………………

LES MOTS POUR AGIR

Il est rare d'attribuer un adjectif à quelqu'un sans nuancer avec (pas) **très**, (pas) **assez**, **plutôt**, **trop**…

- Martin est **très** bavard.
- Tu crois ? Moi, je le trouve **plutôt** timide…

5 | À la découverte de la langue

4. QUELLE HEURE EST-IL ?

A. Observez comment on dit l'heure en français et complétez les heures manquantes.

Il est...

dix heures dix

sept heures moins le quart

cinq heures et quart

....

onze heures vingt-cinq

cinq heures moins dix

onze heures et demie

....

midi / minuit moins le quart

....

six heures moins vingt-cinq

dix heures

B. Écoutez l'enregistrement et indiquez dans quel ordre vous entendez les heures suivantes.
Piste 24

6:20   8:55
5:15   7:45
3:25   9:05
       1:50

C. Maintenant, écoutez ces autres enregistrements où l'on indique quatre heures différentes selon un code numérique. Écrivez-les.
Piste 25

1 .... 3 ....

2 .... 4 ....

D. À votre tour de donner l'heure. Vous allez représenter une heure avec vos bras et laisser vos camarades deviner quelle heure vous marquez.

- Il est cinq heures.
○ Oui, mais il peut être aussi midi vingt-cinq.

LES MOTS POUR AGIR

On peut aussi dire l'heure selon un code qui correspond à l'horloge numérique.

12:30 ▶ douze heures trente
6:15 ▶ six heures quinze
8:45 ▶ huit heures quarante-cinq
20:55 ▶ vingt heures cinquante-cinq

70 | soixante-dix

À la découverte de la langue | 5

5. TOUS LES JOURS

A. Regardez l'agenda électronique de Vincent. Comment vous l'imaginez-vous ?

• Vincent est très sportif, non ?

AGENDA DE VINCENT

	Lundi	Mardi	Mercredi	Jeudi	Vendredi	Samedi	Dimanche
semaine 1	18.00-19.00 anglais	07.45 yoga 20.00 musculation	18.00-19.00 anglais	07.45 yoga 19.00 rugby	18.00-19.00 anglais 21.00 dîner avec Luc et Jean-Pierre	marché	12.00 déjeuner chez maman
semaine 2	18.00-19.00 anglais	07.45 yoga 20.00 musculation	18.00-19.00 anglais	07.45 yoga 19.00 rugby	18.00-19.00 anglais 20.30 anniversaire Aurélie	20.00 dîner avec Mathias	12.00 déjeuner chez maman
semaine 3	18.00-19.00 anglais	07.45 yoga 20.00 musculation	18.00-19.00 anglais	07.45 yoga 19.00 rugby	18.00-19.00 anglais 21.00 dîner avec Luc et Jean-Pierre	19.30 anniversaire Sophie	12.00 déjeuner chez maman 15.00 match de rugby
semaine 4	18.00-19.00 anglais	07.45 yoga 20.00 musculation	18.00-19.00 anglais	07.45 yoga 19.00 rugby	18.00-19.00 anglais 21.00 dîner avec Luc et Jean-Pierre	19.30 ciné avec Mathias	12.00 déjeuner chez maman 16.00 rollers avec mes cousins

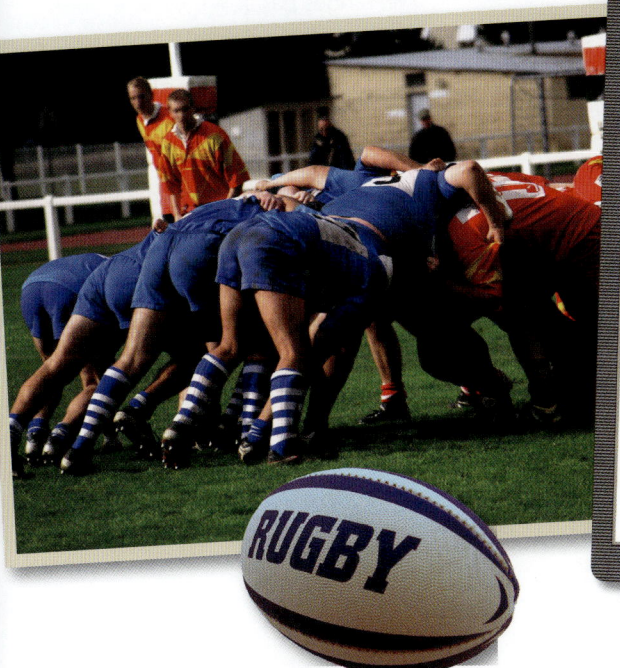

Note: Semaine 1 Mercredi 19.00 ciné avec Aurélie

LES MOTS POUR AGIR

Il fait du foot **une / deux... fois par semaine / mois / an**.
Il fait **souvent** du foot.
Il fait du foot le lundi (**matin / midi / après-midi / soir**).

B. Selon son agenda, à quelle fréquence pratique-t-il ses différentes activités ?

Il fait de l'anglais trois fois par semaine.

C. Et vous, que faites-vous pendant vos loisirs ? Et à quelle fréquence ?

soixante et onze | 71

5 | À la découverte de la langue

6. MOI NON PLUS

A. Nous sommes tous différents. Retrouvez qui est...

`sportif/-ve` `prétentieux/-euse` `travailleur/-euse` `désordonné(e)`

- Je travaille plus de 50 heures par semaine.
- Moi aussi !
- Je fais du sport presque tous les jours.
- Pas moi. Je n'ai pas le temps.
- Je n'ai pas beaucoup de succès avec les filles.
- Moi si, elles m'adorent toutes.
- Dis donc, tu ne ranges pas souvent ta chambre.
- Ben... Toi non plus.

B. Observez dans les dialogues les façons d'exprimer les ressemblances et les différences et complétez le tableau.

Phrase affirmative Je fais du sport.	Ressemblance (affirmation)	Moi aussi.
	Différence (négation)	
Phrase négative Je ne fais pas de sport.	Ressemblance (affirmation)	
	Différence (négation)	

7. JE NE ME RASE PAS !

DES SONS ET DES LETTRES

A. Parfois, en français, la lettre « e » [ə] ne se prononce pas. Écoutez attentivement ces phrases et entourez les **e** que vous n'entendez pas.

1. Je ne me rase pas !
2. Souvent, je me couche avant dix heures du soir.
3. Ce soir, on se couche tôt parce que demain on se lève à 6 heures.
4. Tu me dis toujours tout ce que tu penses ?
5. Je me lave les dents après chaque repas.

B. À votre tour, prononcez ces mêmes phrases.

Outils | 5

⏰ EXPRIMER L'HEURE

- Cinq heures
- Cinq heures **cinq**
- Cinq heures **dix**
- Cinq heures **et quart**
- Cinq heures **vingt**
- Cinq heures **vingt-cinq**
- Cinq heures **et demie**
- Six heures **moins vingt-cinq**
- Six heures **moins vingt**
- Six heures **moins le quart**
- Six heures **moins dix**
- Six heures **moins cinq**
- Midi / Minuit

On utilise aussi la forme numérique, qui indique les heures et les minutes sans les mots **et**, **moins**, **quart** ou **demie**.

13 : 45 Treize heures quarante-cinq

⏰ (S') INFORMER SUR L'HEURE, LE MOMENT, LA FRÉQUENCE

- (Excusez-moi,) **Quelle heure est-il ?**
○ **Il est** cinq heures et demie.

- **À quelle heure** commence le cours ?
○ **À** huit heures et quart.

- **Combien de fois par** { jour / semaines / mois } vas-tu au ciné ?
○ **Deux fois par** mois.

- Tu vas **souvent** à la piscine ?
○ Oui, **le** jeudi.
  Oui, **le** week-end.
  Non, **jamais**.

- Est-ce que tu fais du sport ?
○ Oui, **le** dimanche, je joue au foot.
  Oui, **le** matin, quand je me lève.
  Non, **jamais**…

🍽️ LA JOURNÉE

le matin | le midi | l'après-midi | le soir

Les jours de la semaine : **lundi, mardi, mercredi, jeudi, vendredi, samedi, dimanche, le week-end**

🚶 ALLER / SORTIR

ALLER	SORTIR [sɔʀ]
je **vais**	je **sors**
tu **vas**	tu **sors**
il / elle / on **va**	il / elle / on **sort**
nous **allons**	nous **sortons**
vous **allez**	vous **sortez**
ils / elles **vont**	ils / elles **sortent**

✋ [sɔʀ]

🔄 VERBES PRONOMINAUX

SE LEVER [lɛv] / [ləv]	SE COUCHER [kuʃ]
je **me** lève	je **me** couche
tu **te** lèves	tu **te** couches
il / elle / on **se** lève	il / elle / on **se** couche
nous **nous** levons	nous **nous** couchons
vous **vous** levez	vous **vous** couchez
ils / elles **se** lèvent	ils / elles **se** couchent

✋ Les verbes comme **se maquiller, se doucher, se raser**… se conjuguent de la même façon. Le sujet est accompagné d'un pronom personnel (**me, te, se, nous, vous, se**).

🟰 EXPRESSION DE LA RESSEMBLANCE OU DE LA DIFFÉRENCE

PHRASE AFFIRMATIVE	RESSEMBLANCE	DIFFÉRENCE
J'aime ça.	Moi aussi.	Pas moi.
PHRASE NÉGATIVE		
Je n'aime pas ça.	Moi non plus.	Moi si.

J'adore le chocolat !

Moi aussi !

5 | Outils en action...

8. UN JOUR COMME UN AUTRE

A. Comment imaginez-vous la journée de votre professeur ? À deux, complétez les phrases suivantes.

- Il / elle se lève à ....
- Il / elle commence à travailler à ....
- Il / elle déjeune à ....
- Il / elle finit de travailler à ....
- Il / elle dîne à ....
- Il / elle se couche à ....

• Je crois qu'il se lève à sept heures et quart…

B. Interrogez votre professeur pour vérifiez vos hypothèses.

C. Maintenant, écoutez Claire, une professeure de lycée, qui décrit sa journée habituelle. Puis, comparez son emploi du temps avec celui de votre professeur. Qu'est ce qui vous étonne ?

• Elle ne travaille pas le mercredi après-midi, quelle chance !

9. D'ABORD, JE PRENDS UN CAFÉ

A. Philippe parle de ce qu'il fait le matin au réveil. Écoutez-le et notez dans quel ordre il fait les actions suivantes.

il se lave les dents ☐	il s'habille ☐
il allume la radio ☐	il part au travail ☐
il prend une douche ☐	il se rase ☐
il prépare le petit déjeuner ☐	

B. Et vous, que faites-vous le matin au réveil ? Parlez-en avec votre voisin.

• Moi, d'abord je me rase, puis je prends une douche…

C. Et le week-end ? Vos journées sont-elles organisées de la même manière ?

D. Votre camarade a-t-il des habitudes qui vous semblent curieuses ?

• Il ne prend pas de petit déjeuner le matin.

10. L'ÉTUDIANT MODÈLE

A. Voici les stratégies de quelques étudiants pour améliorer leur niveau de français. Utilisez-vous les mêmes ? Ensuite, comparez vos réponses avec celles de votre voisin.

Moi aussi	Moi non plus	Moi, si	Pas moi

- Je lis des journaux en français. ....
- Quand je lis en français, je ne cherche pas à tout comprendre. ....
- Parfois, je vais voir des films en français au cinéma. ....
- Je ne cherche pas tous les mots que je ne connais pas dans le dictionnaire. ....
- Je cherche des informations en français sur Internet et je visite des sites en français. ....
- J'utilise toujours un correcteur avant de rendre mes travaux au professeur. ....

B. Manu raconte ce qu'il fait pour améliorer son français. Soulignez, dans l'activité A, ce qu'il fait.

C. Et vous, avez-vous d'autres stratégies pour améliorer votre français ?

et tâches | 5

11. ET LE PRIX EST ATTRIBUÉ À...

A. À deux, vous allez remettre l'un des prix suivants à un camarade de classe ; vous pouvez également en proposer un autre. Observez d'abord les dessins puis cherchez la signification des adjectifs associés. Décidez ensuite quel prix vous voulez offrir.

> Découvrez les activités 2.0 sur versionoriginale.difusion.com

- paresseux/-euse
- travailleur/-euse
- intellectuel(le)
- sportif/-ve
- fêtard(e)
- écolo
- gourmand(e)
- coquet(te)
- casanier/-ière
- désordonné(e)

B. Préparez un questionnaire pour savoir à qui vous allez remettre le prix. Puis, posez ces questions à certains camarades de classe.

- • Combien d'heures dors-tu normalement ?
- ○ Sept heures et demie.
- • Et à quelle heure te lèves-tu ?

C. Ensuite, en fonction des réponses obtenues, décidez du vainqueur et remettez le prix.

- • Nous remettons le prix du plus paresseux à... Birgit !!! Félicitations Birgit !

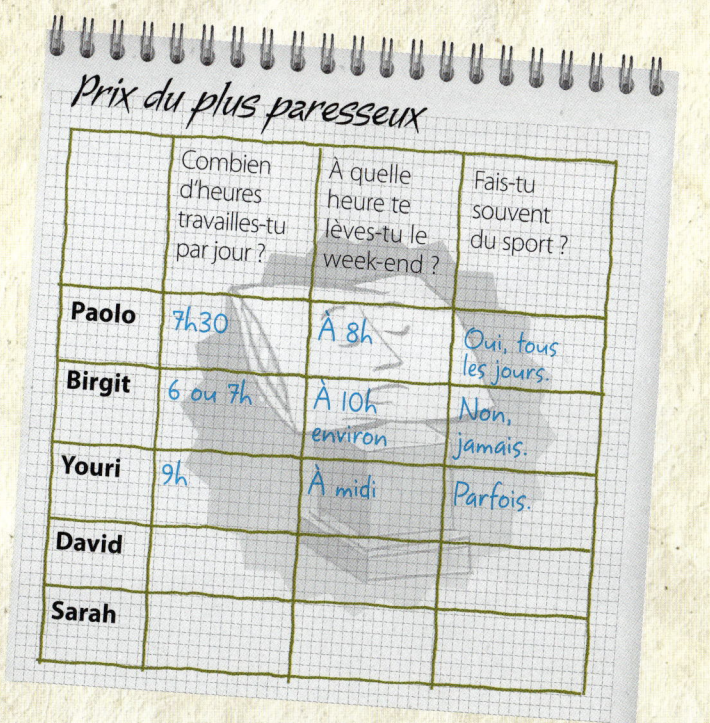

Prix du plus paresseux

	Combien d'heures travailles-tu par jour ?	À quelle heure te lèves-tu le week-end ?	Fais-tu souvent du sport ?
Paolo	7h30	À 8h	Oui, tous les jours.
Birgit	6 ou 7h	À 10h environ	Non, jamais.
Youri	9h	À midi	Parfois.
David			
Sarah			

5 | Regards sur...

MÉTRO, BOULOT, DODO...

« Métro, boulot, dodo » est une expression qui représente le rythme quotidien des travailleurs. « Métro » se réfère évidemment aux trajets en métro. « Boulot » est un mot familier, très usuel, pour travail et « faire dodo » est une façon enfantine pour dire dormir. L'expression « métro, boulot, dodo » désigne donc la routine du travailleur urbain.

MÉTRO

Le métro de Paris est l'un des plus anciens du monde. Aujourd'hui, le réseau parisien compte **seize** lignes, **214** km, **300** stations, **3,8 millions** de voyages par jour et presque **1,4 milliard** de voyages par an !

À Montréal, au Québec, le métro est très pratique car il est relié à la ville souterraine. De nombreux immeubles où les gens habitent et travaillent ont un accès direct aux stations et les habitants sont ainsi protégés des basses températures de l'hiver.

BOULOT

La France a une population active de **28 millions** de personnes, ce qui représente **64%** des Français entre **15** et **64** ans. En plus de ces 28 millions de personnes actives, **2,4 millions** travaillent moins de **30** heures par semaine.

Parmi les pays européens, le Danemark a le plus fort taux de population active (**77,1%** des personnes entre 15 et 64 ans) et Malte, le plus faible (**55,7%**).

DODO

Selon l'Institut National français de Prévention et d'Éducation pour la Santé (INPES), les Français de **25** à **45** ans dorment mal à cause du travail, du stress, des enfants, des loisirs, du temps de transport ou encore de mauvaises habitudes précédant l'heure du coucher (boissons excitantes, télé, Internet...). Alors, pour mieux dormir, ils prennent des psychotropes, des tisanes ou des médicaments homéopathiques.

Regards sur... | 5

LE MÉTRO, C'EST :

▸ des gens pressés qui courent pour arriver à l'heure

▸ des gens qui lisent des livres ou des journaux gratuits

▸ des gens qui écoutent de la musique

▸ des gens qui somnolent

▸ de jeunes adolescents qui rient entre eux

▸ des courants d'air qui vous glacent ou qui vous décoiffent sur les quais

▸ des portes qui se ferment sur les gens

▸ des tags sur les murs le long des voies

▸ des mots et des dessins gravés sur les vitres

▸ des téléphones portables collés aux oreilles...

12. ET CHEZ VOUS ?
Dans votre langue, existe-t-il une expression qui désigne la routine ? Sinon, que pourriez-vous inventer ?

ON TOURNE !

ZEN AU QUOTIDIEN
A. Qu'est-ce que le Qi Gong ?

☐ un sport
☐ une philosophie
☐ une gymnastique occidentale
☐ une gymnastique chinoise
☐ un art martial

B. Que faut-il faire pour « rester zen au quotidien » ?

☐ vivre tendu   ☐ dormir mal
☐ régulariser son énergie   ☐ rouler à vélo
☐ manger macrobiotique   ☐ être en contact avec la nature
☐ courir tout le temps   ☐ manger trop rapidement

Autres propositions : ....

C. Le matin, que fait Gérard ?

7h30 : ....

9h : ....

9h40 : ....

D. Et vous, que faites-vous pour rester zen ? Et vos amis ?

....

....

soixante-dix-sept | 77

6

On fait les boutiques ?

À la fin de cette unité, nous serons capables de modifier le look d'une personne grâce aux achats réalisés au marché de la classe.

Pour cela, nous allons apprendre à :
- s'informer sur un produit
- acheter et vendre un produit
- expliquer comment on s'habille
- donner son avis sur la façon de s'habiller
- parler du temps qu'il fait

Nous allons utiliser :
- le présent du verbe **prendre**
- les adjectifs interrogatifs
- les adjectifs démonstratifs
- les adjectifs de couleur

Nous allons travailler le point de phonétique suivant :
- le féminin des adjectifs de couleur

Premier contact

1. FABRIQUÉ EN FRANCE

A. Que représente cette photo ? Que savez-vous de la mode française ?

B. Connaissez-vous des marques françaises (mode, cosmétique, alimentation...) ?

C. Achetez-vous des produits français ? Lesquels ?

- [ ] produits de beauté et parfums
- [ ] vêtements et accessoires
- [ ] produits alimentaires
- [ ] vins et liqueurs
- [ ] voitures
- [ ] autres...

• Moi, je n'achète jamais de produits français.
○ Moi, j'achète souvent des vêtements de marque française.

6 | Textes et contextes

2. CLIQUEZ ICI

A. Stéphane veut acheter des vêtements sur Internet. Séverine lui donne son avis. Écoutez leur conversation. De quels articles parlent-ils ? Quels vêtements Stéphane achète-t-il finalement ?

B. Maintenant, choisissez un article pour vous, un pour un camarade de classe et un pour… votre professeur !

- Pour moi, le pantalon noir en velours ; pour Alan, le pantalon à fleurs…

Bonnes affaires

Dolio Dolio Dolio — BOUTIQUE EN LIGNE

MARQUES | FEMME | ENFANT | ADO | HOMME | LINGERIE | SPORT | BEAUTÉ | DÉCO | LITERIE

- pantalon à fleurs 28 €
- pantalon blanc en lin 45 €
- pantalon gris à rayures 39 €
- pantalon noir en velours 40 €
- chemise noire à manches courtes 19 €
- chemise en lin à manches courtes 20 €
- chemise rayée à manches longues 25 €
- chemise à carreaux à manches longues 45 €
- pull bleu en laine 35 €
- pull vert 28 €
- pull violet 28 €
- pull rouge à capuche 50 €

C. Et vous ? Quels produits achetez-vous sur Internet ?

- ☐ des livres
- ☐ des vêtements
- ☐ des entrées de spectacles
- ☐ autres : ....
- ☐ des DVD
- ☐ des produits de beauté
- ☐ des billets d'avion / train / bus

Textes et contextes | 6

3. UNE SEMAINE À SAINT-TROPEZ

A. Géraldine va passer une semaine à Saint-Tropez, à la fin du mois de juin, chez sa cousine. Que savez-vous de Saint-Tropez ?

B. Écoutez leur conversation téléphonique. Quel temps fait-il à Saint-Tropez ?

- il fait très beau
- il fait froid
- il neige
- il pleut
- il fait chaud

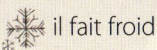

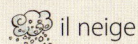

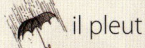

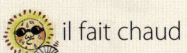

C. Observez le contenu de la valise de Géraldine. Connaissez-vous le nom des objets qu'elle emporte ?

- des tee-shirts
- un pantalon rouge en toile
- deux robes
- un jean
- un bonnet en laine
- un gros pull en laine
- des sandales noires en cuir
- des baskets
- un maillot de bain rose
- des petites culottes
- un soutien-gorge
- une grande serviette de bain
- un livre
- des lunettes de soleil
- des chaussettes en laine
- un lecteur MP3
- du dentifrice
- une brosse à cheveux
- de la crème solaire
- du shampoing
- un sèche-cheveux

D. À votre avis, emporte-t-elle les objets nécessaires ? Manque-t-il quelque chose ?

quatre-vingt-un | 81

6 | À la découverte de la langue

4. JULIE FAIT DU SHOPPING

A. Julie doit acheter trois tenues pour trois circonstances différentes. Que lui conseillez-vous ? Parlez-en avec un camarade.

LES DERNIÈRES TENDANCES MODE

- jupe rouge
- jupe bleue en jean
- sac à main doré
- chaussures argentées à talons
- ballerines noires
- sac à dos vert
- jupe verte
- bottes vertes
- bas violets à rayures
- sac à main rouge
- sac à main blanc
- bas couleur chair
- jupe bleue en satin
- collants noirs et verts
- sac en cuir
- ballerines rouges

Pour aller en cours / au travail

Quel sac ? le sac en cuir

Quelle jupe ?

Quels bas / collants ?

Quelles chaussures ?

Pour aller à un mariage

Quel sac ?

Quelle jupe ?

Quels bas / collants ?

Quelles chaussures ?

Pour aller en week-end à la campagne

Quel sac ?

Quelle jupe ?

Quels bas / collants ?

Quelles chaussures ?

À la découverte de la langue | 6

B. Observez, dans les fiches de la page 82, les adjectifs interrogatifs en gras. Placez-les dans le tableau.

	MASCULIN	FÉMININ
SINGULIER	Quel sac ?	___ robe ?
PLURIEL	___ collants ?	___ chaussures ?

C. Repérez dans le document de la page 82 les formes des adjectifs **rouge** et **vert**. Placez-les dans le tableau.

	MASCULIN	FÉMININ
SINGULIER	Le sac vert	La jupe ___
PLURIEL	Les collants ___	Les chaussures ___

	MASCULIN	FÉMININ
SINGULIER	Le sac ___	La jupe ___
PLURIEL	Les collants rouges	Les chaussures ___

DES SONS ET DES LETTRES

D. Écoutez la prononciation des quatre adjectifs dans les phrases suivantes. Combien de formes différentes entendez-vous ?

1. Un sac **gris** — Des sacs **gris**
   Une chemise **grise** — Des chemises **grises**

2. Un bonnet **vert** — Des bonnets **verts**
   Une robe **verte** — Des robes **vertes**

3. Un manteau **rouge** — Des manteaux **rouges**
   Une jupe **rouge** — Des jupes **rouges**

4. Un pull **noir** — Des pulls **noirs**
   Une chemise **noire** — Des chemises **noires**

5. ELLE EST PAS MAL CETTE JUPE !

Des adjectifs démonstratifs en gras apparaissent dans le dialogue. Placez-les dans le tableau.

	MASCULIN	FÉMININ
SINGULIER	___ anorak / ___ pull	___ jupe
PLURIEL	___ collants	___ chaussures

- Tu aimes **cette** jupe ?
- Elle est affreuse !

- Comment tu trouves **ce** pull ?
- Pas mal !

- Et **ces** chaussures ?
- Elles sont sympas.

- **Cet** anorak, il te plaît ?
- Wahou, il est super !

quatre-vingt-trois | 83

6 | À la découverte de la langue

6. C'EST POUR MA COPINE

A. Voici le scénario d'une scène de film. Que veut acheter Grégory ? L'achète-t-il ? Si oui, à quel prix ?

SÉQUENCE 1/04. INT/JOUR – UNE PARFUMERIE

Grégory entre dans une parfumerie, il se dirige directement vers le vendeur.

GRÉGORY
Bonjour.

LE VENDEUR
Bonjour Monsieur. Que désirez-vous ?

GRÉGORY
Je voudrais un parfum.

LE VENDEUR
C'est pour vous ?

GRÉGORY
Non, c'est pour ma copine.

LE VENDEUR
Elle aime quel genre de parfum ? Les parfums frais... les parfums intenses ?

GRÉGORY
Non, plutôt les parfums frais...

LE VENDEUR
Eh bien, j'ai, par exemple, Eau de Poisson, vous voulez le sentir ?

Il lui fait sentir.

GRÉGORY
Euh, c'est un peu fort.

LE VENDEUR
Ou quelque chose de plus jeune alors, Éclat, Éclat de Lior.

GRÉGORY
Ah oui, ça c'est très chouette ! Il coûte combien ?

LE VENDEUR
85 euros.

GRÉGORY
Et l'autre, il coûte combien ?

LE VENDEUR
L'autre, il est à 70 euros.

GRÉGORY
C'est un peu cher...

LE VENDEUR
Allez, Monsieur, pour votre petite amie...

GRÉGORY
Bon, d'accord, je prends Éclat.

LE VENDEUR
Vous avez bien raison. Je vous fais un paquet cadeau ?

GRÉGORY
Oui, s'il vous plaît.

LE VENDEUR
Vous payez comment ?

GRÉGORY
C'est possible par carte ?

LE VENDEUR
Oui, bien sûr.

GRÉGORY
Tenez, voilà...

Le vendeur prend la carte bancaire et encaisse.

LE VENDEUR
Merci et bonne journée.

GRÉGORY
Merci à vous. Au revoir.

LE VENDEUR
Au revoir.

B. Relevez les formules utilisées par le client (C) et le vendeur (V) pour...

- accueillir un client (V)
- demander un produit (C)
- demander un prix (C)
- donner le prix (V)
- informer sur la décision d'achat (C)

C. À vous de jouer ! À deux, mettez en scène cette séquence. Vous pouvez donner une caractéristique à vos personnages.

Grégory
- timide
- indécis
- qui a peu d'argent

le vendeur
- peu patient
- sympa
- maladroit

Outils | 6

ADJECTIFS INTERROGATIFS

	MASCULIN	FÉMININ
SINGULIER	**Quel** sac ?	**Quelle** robe ?
PLURIEL	**Quels** bas ?	**Quelles** chaussures ?

Les **adjectifs interrogatifs** accompagnent un nom et servent à poser une question pour distiguer un ou des objets (ou individus) parmi d'autres.

- **Quel** sac tu préfères ? (= il y a plusieurs sacs)
- Le plus petit.

ADJECTIFS DÉMONSTRATIFS

	MASCULIN	FÉMININ
SINGULIER	**Cet** anorak **Ce** pull	**Cette** jupe
PLURIEL	**Ces** pulls	**Ces** chaussures

- **Cette** jupe est vraiment sympa, je l'achète !

FAIRE DES COURSES

	Le vendeur	Le client
Accueillir Saluer	Bonjour Vous désirez… ?	Bonjour
Pour demander un produit		Je cherche… Je voudrais… Vous avez… ?
Pour informer sur le produit	Nous avons… Voici…	
Pour demander un prix		C'est combien ? Combien coûte… ?
Pour demander des informations sur le produit	En quelle taille ? En quelle pointure ?	
Pour exprimer la décision d'achat		Je prends…

FÉMININ ET PLURIEL DES ADJECTIFS DE COULEURS

MASCULIN SG.	FÉMININ SG.	MASCULIN PL.	FÉMININ PL.
vert	verte	verts	vertes
gris	grise	gris	grises
noir	noire	noirs	noires
bleu	bleue	bleus	bleues
beige jaune rouge rose		beiges jaunes rouges roses	

✋ **Orange** et **marron** sont invariables.

Une chemise **verte** à fleurs et un pantalon **orange** à carreaux ! Tu vas sortir comme ça ?

PRENDRE

PRENDRE [pʀɑ̃] / [pʀən] / [pʀɛn]

je **prends**
tu **prends**
il / elle / on **prend**
nous **prenons**
vous **prenez**
ils / elles **prennent**

✋ [pʀɑ̃]

PARLER DU TEMPS QU'IL FAIT

- il fait très beau
- il fait (très) chaud
- il pleut
- il neige
- il fait (très) froid

quatre-vingt-cinq | 85

6 | Outils en action...

7. POUR SORTIR LE SOIR...
Changez-vous de look en fonction des circonstances ? Commentez votre réponse avec un camarade.

- Au travail / en cours
- Chez moi
- Pour sortir avec mes amis

• Moi, pour aller en cours, je mets un jean et un pull et je ne me maquille pas mais le soir...
○ Moi, ...

LES MOTS POUR AGIR
Pour dire comment on s'habille
   mettre + vêtement / accessoire
- Qu'est-ce que je **mets** ce soir ?
- **Mets** ta robe noire.

8. QUEL STYLE !
A. Regardez ces mannequins et demandez à vos camarades ce qu'ils pensent des différents vêtements.

• Moi, j'aime bien la robe rouge mais je n'aime pas les chaussures à talons.

B. Pouvez-vous définir le style vestimentaire de quelques camarades ? Classique, sportif, à la dernière mode ou plutôt excentrique ? Commentez-le au reste de la classe.

• Je crois que Lucia a un style plutôt excentrique parce qu'elle aime les chaussures blanches à talons.

et tâches | 6

9. LE MARCHÉ DE LA CLASSE

A. Divisez-vous en « acheteurs » et en « vendeurs » pour organiser le marché de la classe.

Découvrez les activités 2.0 sur versionoriginale.difusion.com

ACHETEURS

Vous devez changer le « look » d'une personnalité ou, si vous le préférez, d'un camarade de classe volontaire. Quand les étalages des vendeurs sont prêts, partez faire vos courses. Attention : vous disposez d'un buget maximun de 100 euros.

VENDEURS

Rassemblez le plus de vêtements et d'accessoires possibles à vendre. Avec ce que vous avez réuni, préparez un stand et affichez vos prix sur les articles. Attention : vos clients disposent d'un budget total de 100 euros.

• Bonjour !
◦ Bonjour Monsieur.
• Je peux vous aider ?
◦ Ben, je voudrais un tee-shirt.
• C'est pour vous ?
◦ Non, c'est pour une amie.
• En quelle taille ?
◦ 38.

LES MOTS POUR AGIR

▸ N'oubliez pas de saluer et de prendre congé.
▸ Ne soyez pas trop direct pour demander quelque chose en français :
   je veux ➔ je voudrais

B. Après les courses, chaque acheteur décrit le nouveau « look » de son client. Les vendeurs donnent leur avis.

• Pour Gérard, je propose cette écharpe mauve et une casquette en coton blanc...
◦ Je trouve que l'écharpe mauve est sympa, mais avec la casquette, c'est affreux !

quatre-vingt-sept | 87

6 | Regards sur...

PRODUITS FRANÇAIS DE GÉNÉRATION EN GÉNÉRATION

Les temps changent, les techniques évoluent, les entreprises se mondialisent... Mais certains produits de consommation français résistent au temps et passent de génération en génération...

LE PETIT LU

Ce biscuit à quatre coins est depuis 1850 le goûter classique des grands et des petits.
Le petit LU est même devenu un objet de décoration sous forme de dessous-de-plat, de plat à tarte, de tasses et sous-tasses...

LE CARAMBAR

Tous les enfants (et même les adultes !) ouvrent avec gourmandise cette papillote jaune aux bords roses et blancs de 8 cm de long nommée « Carambar ». Pourquoi ? Pour trouver un caramel de 10 g mais aussi, depuis 1969, une devinette, un rébus ou une charade... Un bonbon à déguster entre amis et dans la bonne humeur !

ON TOURNE !

CHINER À BRUXELLES

A. Avez-vous de la mémoire ? Quels objets avez-vous repérés sur le marché ?

....

....

....

B. Quelles sont les particularités du marché aux puces de Bruxelles ? Il est :

- ☐ très ancien.
- ☐ nouveau.
- ☐ rare.
- ☐ le seul ouvert tous les jours.
- ☐ le seul ouvert le dimanche.
- ☐ spécialisé dans un style.

Regards sur... | 6

L'OPINEL

Vous partez en randonnée ou en pique-nique ? Surtout n'oubliez pas votre opinel ! Depuis 1897, ce petit couteau pliable au manche en bois se glisse dans n'importe quelle poche. Et il sert à tout ! En 1989, Larousse l'a introduit dans son dictionnaire.

MICHELIN

On roule toujours avec les fameux pneus Michelin, nés en 1889 à Clermont-Ferrand et rendus célèbres par le célèbre « Bonhomme Michelin » ou « Monsieur Bibendum » sur les publicités. Michelin, c'est aussi des cartes routières, des guides gastronomiques et touristiques.

10. ET CHEZ VOUS ?

Dans votre pays, pouvez-vous citer quelques produits intemporels ?

....

....

....

....

C. Complétez la fiche descriptive du métier de Stéphane Carette.

▸ Son métier : ....

▸ Son rôle : vendre des ....

rechercher ....

.... la valeur marchande

avoir l'œil ....

D. Dans la boutique, choisissez un objet et expliquez comment vous pouvez le recycler.

....

Avez-vous déjà essayé de recycler des objets anciens ? Lesquels ? Comment ?

....

E. Et dans votre ville, y a-t-il un marché aux puces ? Où et quand a-t-il lieu ? Avez-vous déjà acheté ou vendu des objets sur ce marché ? Lesquels ?

....

....

quatre-vingt-neuf | 89

Entraînement à l'examen du **DELF A1**

L'épreuve de production orale comporte trois parties :
1. l'entretien dirigé
2. l'échange d'informations
3. le dialogue simulé

25 points | 10 min de préparation | 5 à 7 min d'épreuve

QUELQUES CONSEILS POUR L'EXAMEN

▶ Lors de **l'entretien dirigé**, l'examinateur va vous poser des questions auxquelles vous devez répondre. Les questions portent sur vous, votre famille et vos goûts. L'examinateur doit vous poser les questions lentement et clairement, et vous pouvez lui demander de répéter.

▶ Lors de **l'échange d'informations**, vous devez poser des questions à votre examinateur. Vous devez construire ces questions à partir de mots-clés concernant la vie quotidienne (domicile, nom, ville, sports, etc.).

▶ Dans **le dialogue simulé**, l'examinateur va vous expliquer une scène ou vous proposer des cartes qui présentent des mots. À partir de cette scène ou de ces mots, vous devez interagir avec l'examinateur pour obtenir un objet ou un service. Ce sont des achats ou des interactions simples, comme acheter une baguette, un livre, un billet d'avion ou de train, etc.

EXERCICE 1

A. Voici une série de mots-clés qui peuvent vous aider à préparer les questions que vous devez poser et auxquelles vous devez répondre lors des trois parties de l'épreuve de production orale. Avec un camarade, écrivez les questions que vous inspirent ces mots et préparez vos réponses (chacun ses propres réponses).

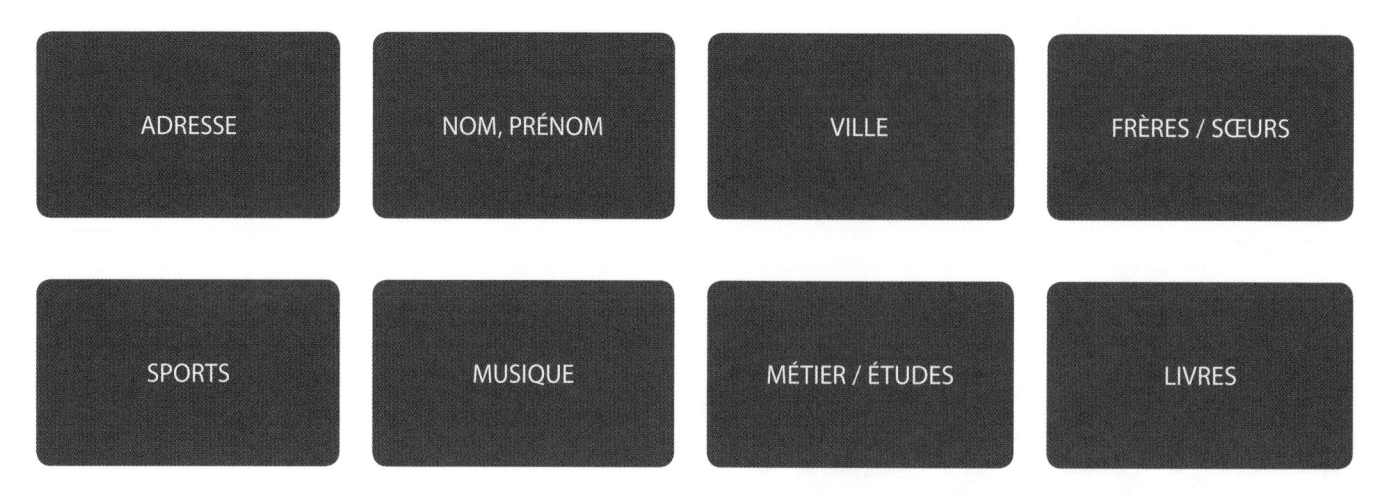

| ADRESSE | NOM, PRÉNOM | VILLE | FRÈRES / SŒURS |
| SPORTS | MUSIQUE | MÉTIER / ÉTUDES | LIVRES |

B. À deux, posez-vous les questions et répondez-y.

Production orale

EXERCICE 2
Avec un camarade, lisez les questions suivantes et préparez vos réponses (chacun ses propres réponses). Puis, à tour de rôle, jouez le rôle de l'examinateur et du candidat en répondant oralement.

- Comment vous appelez-vous ?
- Quel est votre âge ?
- Que faites-vous dans la vie ?
- Quelles langues parlez-vous ?
- Quels sont vos chanteurs et vos acteurs préférés ?
- Quels sports pratiquez-vous ?

EXERCICE 3
A. À deux. L'un joue le rôle du vendeur, l'autre du client.
Vous partez en vacances à la montagne. Avant votre départ, vous allez acheter dans une boutique les vêtements dont vous avez besoin.

B. Créez d'autres dialogues et jouez-les.

- Vous achetez un jean noir dans une boutique.
- Vous achetez un billet de TGV Paris-Lyon au service clients d'une gare.

Journal d'apprentissage

AUTOÉVALUATION

1. Compétences visées dans les unités 5 et 6

	Je suis capable de...	J'éprouve des difficultés à...	Je ne suis pas encore capable de...	Exemples
informer sur l'heure, le moment, la fréquence, la durée				
découper le temps et placer dans le temps				
exprimer la ressemblance ou la différence avec **aussi, non plus**...				
demander à quelqu'un de distinguer un ou plusieurs objets ou individus avec **quel/le/s/les**				
faire des courses				
parler du temps qu'il fait				

2. Connaissances visées dans les unités 5 et 6

	Je connais et j'utilise facilement...	Je connais mais n'utilise pas facilement...	Je ne connais pas encore...
les moments de la journée			
les jours de la semaine			
les verbes : **aller** et **sortir**			
les verbes pronominaux : **se coucher** et **se lever**			
les adjectifs interrogatifs : **quel/le/s/les**			
les adjectifs démonstratifs : **ce, cet, cette, ces**			
le féminin et le pluriel des adjectifs de couleur			
les verbes : **prendre** et **vivre**			
la prononciation du féminin des adjectifs			

Unités 5 et 6

BILAN

Mon usage actuel du français	☀	⛅	☁	☁☁
quand je lis				
quand j'écoute				
quand je parle				
quand j'écris				
quand je réalise les tâches				

Ma connaissance actuelle	☀	⛅	☁	☁☁
de la grammaire				
du vocabulaire				
de la prononciation et de l'orthographe				
de la culture				

À ce stade, mes points forts sont : ....

À ce stade, mes difficultés sont : ....

Des idées pour améliorer	en classe	à l'extérieur (chez moi, dans la rue...)
mon vocabulaire		
ma grammaire		
ma prononciation et mon orthographe		
ma pratique de la lecture		
ma pratique de l'écoute		
mes productions orales		
mes productions écrites		

Si vous le souhaitez, discutez-en avec vos camarades.

7

Et comme dessert ?

À la fin de cette unité, nous serons capables de créer un menu pour inviter des Français chez nous.

Pour cela, nous allons apprendre à :
- donner et demander des informations sur un plat
- commander dans un restaurant
- exprimer la quantité
- situer une action dans le futur

Nous allons utiliser :
- le futur proche : **aller + infinitif**
- les pronoms compléments d'objet direct
- les articles partitifs
- le lexique des aliments
- le lexique de la quantité

Nous allons travailler le point de phonétique suivant :
- la prononciation des nasales

Premier contact

1. DU PAIN, DU VIN ET DU FROMAGE

A. Connaissez-vous les produits qui apparaissent sur ces photos ? Pouvez-vous les identifier avec un camarade ?

- ☐ Ça, c'est du chocolat.
- ☐ Ça, c'est des huîtres.
- ☐ Ça, c'est du pain.
- ☐ Ça, c'est du vin.
- ☐ Ça, c'est du champagne.
- ☐ Ça, c'est des cerises.
- ☐ Ça, c'est du fromage.
- ☐ Ça, c'est des olives.

● Ça, c'est du champagne, non ?
○ Oui et...

B. Avez-vous déjà consommé ces produits ?

● J'ai déjà bu du champagne.

PRIX DU PAIN

Nom de produit	poids	prix	prix au kilo
BAGUETTE	250g	0€85	3€40
BAGUETTE POINTUE	250g	1€00	4€00
BAGUETTE DE TRADITION	250g	1€10	4€40
PAIN	500g	1€45	2€90
BÂTARD	250g	0€95	3€80
PAIN COMPLET	350g	1€60	4€57
BAGUETTE AUX CÉRÉALES	250g	1€25	5€00
FICELLE AUX CÉRÉALES	125g	0€70	5€60
PAIN AUX CÉRÉALES	350g	2€50	7€14
PAIN DU SOLEIL	500g	2€20	4€40

Origine : PROVENCE
Catégorie : 1
Produit : CERISE
Variété : BURLAT

PROMOTION
3,50€
le KG

7 | Textes et contextes

2. CRÊPERIE TY BREIZH

A. Savez-vous ce que sont les crêpes ? Voici le menu d'une crêperie. Connaissez-vous tous ces ingrédients ? Pouvez-vous trouver les images correspondantes sous le menu ?

Crêperie Ty Breizh

Les salées

Fromage	4,50 €
Œuf	4,50 €
Jambon	4,50 €
Popeye Épinards, crème fraîche, œuf	6,30 €
Printanière Salade, œuf, tomate	6,30 €
Ty Breiz Saucisse, fromage	6,30 €
Harpe Roquefort, beurre, noix	8,30 €
Crêpe Maison Jambon, fromage, champignons	6,30 €
Laïta Saumon fumé, crème fraîche, citron	8,30 €
Berger Fromage de chèvre chaud, salade, tomates	8,30 €
Périgourdine Foie gras, salade, tomate	8,50 €
Charleston Pommes de terre, fromage, jambon, œuf, salade	9,50 €
Campagnarde Œuf, champignons, oignons, crème fraîche, salade	9,50 €

Les sucrées

Sucre	3,00 €
Beurre et sucre	3,00 €
Miel	4,50 €
Chocolat	4,50 €
Chantilly	4,50 €
Confiture au choix Fraise, myrtille, orange, framboise	4,50 €
Noix	4,50 €
Banane, chocolat	5,50 €
Banane, chocolat, chantilly	6,00 €
Supplément Boule de glace	2,00 €

B. Imaginez que vous êtes dans cette crêperie. Quelle crêpe voulez-vous goûter ? Commandez-la à votre professeur.

- Bonjour. Vous désirez...
- Pour moi, une crêpe au jambon.
- D'accord et pour monsieur ?
- Mmm, qu'est-ce que c'est le foie gras ?

C. On peut accompagner les crêpes d'une infinité d'ingrédients. Vous aussi, vous pouvez en inventer une. Avec quels ingrédients ? Donnez-lui un nom et affichez la recette.

Ma crêpe
Nom : Brésilienne
Ingrédients : mangue, fromage blanc, sucre de canne

Textes et contextes | 7

3. ET POUR MADAME ?

A. Il est midi et les tables des restaurants se remplissent. Lisez le menu du *Café des Dames* et notez ce que choisissent, comme entrée et comme plat principal, Ana et Sergio, deux touristes espagnols en vacances à Paris.

Piste 33

CAFÉ DES DAMES

TABLE N°

Entrée

Plat principal

Menu tradition — 25 €

Entrées
- Salade niçoise
- Rillettes de thon
- Foie gras
- Escargots
- Entrée du jour

Plats principaux
- Blanquette de veau
- Steak tartare
- Confit de canard
- Plat du jour

Desserts
- Glace maison
- Tarte tatin
- Tarte au chocolat
- Crème brûlée

B. Qu'est-ce qu'il y a comme entrée du jour ? Et comme plat du jour ?

Entrée du jour
- ○ Salade de fromage de chèvre chaud
- ○ Salade printanière
- ○ Salade landaise

Plat du jour
- ○ Filet de saumon grillé
- ○ Filet de colin sur un lit de pommes de terre
- ○ Filet de bœuf aux petits oignons

7 | À la découverte de la langue

4. SOIRÉE COUSCOUS

A. Sophie, Léa et Amandine préparent une soirée couscous. Lisez cette conversation et remplissez la fiche avec leurs décisions.

S - On peut faire la soirée chez toi, Léa ?
L - Oui, mes parents vont fêter leur anniversaire de mariage au resto. Mais ils vont sûrement rentrer tôt.
A - On peut la faire chez moi. Samedi, je vais être toute seule à la maison.
S - Cool ! Et qui va faire le couscous ?
L - Mmm, ben, moi.
S - Toi, tu vas faire le couscous ?
L - Bien sûr, je fais un couscous délicieux.
S - Ah bon ! Génial... Et qui est-ce que nous allons inviter ?
A - On peut inviter Thibaut, Quentin...
L - Quentin, c'est pas possible, il va passer le week-end à Paris.
S - On va être quatre alors !

SOIRÉE COUSCOUS
Lieu : ....
Jour : ....
Invités : ....
« Chef » : ....

B. Observez dans la conversation une nouvelle forme verbale, formée du présent du verbe **aller** + l'**infinitif**. Complétez le tableau.

ALLER + INFINITIF		
je		fêter
tu		être
il / elle / on	+	faire
nous allons		passer
vous allez		rentrer
ils / elles		inviter

Cette forme verbale, le futur proche, sert à exprimer des intentions et des actions futures.

C. Et vous, qu'allez-vous faire ce week-end ?

5. L'ADDITION, S'IL VOUS PLAÎT

Lisez ces fragments de dialogues. Qui prononce ces phrases : le serveur (S) ou le client (C) ?

- Bonjour Monsieur. — Bonjour. **C**
- Vous me donnez la carte ? — Oui, bien sûr. La voici.
- Excusez-moi, le potage du jour, il est à quoi ? — Aux tomates.
- Excusez-moi, qu'est-ce que c'est le taboulé ? — C'est une salade à base de semoule, tomates, concombres...
- Alors... vous avez choisi ? — Oui. Comme entrée, je vais prendre un potage du jour.
- Et comme plat ? — Comme plat, je vais prendre un steak au poivre.
- Saignant, à point, bien cuit ? — À point, s'il vous plaît.
- Et comme boisson ? — De l'eau.
- Plate ou gazeuse ? — Plate.
- Vous allez prendre un dessert ? — Oui, une glace.
- Pouvez-vous me donner l'addition, s'il vous plaît ? — Tout de suite, Monsieur !

À la découverte de la langue | 7

6. VOTRE SANTÉ ET L'ALIMENTATION

A. Avez-vous une alimentation équilibrée ? Pour le savoir, indiquez avec quelle fréquence vous consommez les aliments de la pyramide de l'alimentation. Puis, faites le test suivant.

TEST DE SANTÉ

INGRÉDIENTS / ALIMENTS ?	A	B	C
Des fruits	1 fois par jour ou moins	2 à 3 fois par jour	plus de 3 fois par jour
Des légumes	1 fois par jour ou moins	2 à 3 fois par jour	plus de 3 fois par jour
Du poisson	presque jamais	2 à 3 fois par semaine	plus de 3 fois par semaine
Des œufs	1 ou 2 fois par jour	aucun	3 à 5 fois par semaine
De la viande rouge	tous les jours	2 à 4 fois par semaine	1 fois par semaine
Des sucreries	1 fois par jour ou plus	1 ou 2 fois par semaine	jamais
Du lait	du lait entier	du lait demi-écrémé	du lait écrémé
Du pain / **du** riz	moins d'une fois par jour	1 ou 2 fois par jour	4 fois par jour

RÉSULTATS

Majorité en colonne A.
Attention ! Vous consommez trop d'aliments caloriques et contenant du cholestérol. Un conseil : remplacez les sucreries par des fruits, la viande et les œufs par du poisson. Et n'oubliez pas les féculents.

Majorité en colonne B.
Pas mal ! Vous consommez assez de fruits et légumes, de poisson et de céréales ; mais surveillez votre consommation de viande et de sucreries !

Majorité en colonne C.
Bravo ! Vous consommez tous les aliments nécessaires à votre santé et en bonnes quantités. Mais n'oubliez pas : manger est aussi un plaisir.

B. Consultez les résultats : qu'en pensez-vous ?

C. Observez maintenant les déterminants marqués en gras dans le test : ce sont les partitifs. Comprenez-vous comment ils fonctionnent ? Complétez le tableau.

Les articles partitifs servent à parler de quantités :
☐ déterminées.   ☐ indéterminées.
Ils s'accordent en genre et en nombre avec le nom.

MASCULIN SINGULIER	FÉMININ SINGULIER
____ chocolat	____ crème
____ poisson	____ eau

PLURIEL	
____	légumes (masc.)
	sucreries (fem.)

7 | À la découverte de la langue

7. CHACUN SES PRÉFÉRENCES

A. Quels sont vos goûts alimentaires ? Soulignez ce que vous préférez.

- L'eau vous l'aimez…
  - plate.
  - gazeuse.
  - fraiche.

- Vous préférez le lait
  - entier.
  - demi-écrémé.
  - écrémé.

- Le café, vous **le** prenez…
  - noir.
  - avec du lait.
  - avec ou sans sucre.
  - décaféiné.

- Vous assaisonnez la salade…
  - avec de l'huile.
  - avec de la vinaigrette.

- Votre viande, vous **la** mangez…
  - en sauce.
  - grillée.
  - saignante, à point, bien cuite.

- Vous mangez les œufs…
  - à la coque.
  - durs.
  - au plat.

- Quand vous mangez des légumes, vous **les** préparez…
  - à la vapeur.
  - frits.
  - crus.

B. Observez les pronoms COD (complément d'objet direct) marqués en gras et les noms COD (marqués en rouge). Comprenez-vous comment ils fonctionnent ? Complétez le tableau.

LES PRONOMS COMPLÉMENTS D'OBJET DIRECT	
MASCULIN SINGULIER	FÉMININ SINGULIER
PLURIEL	

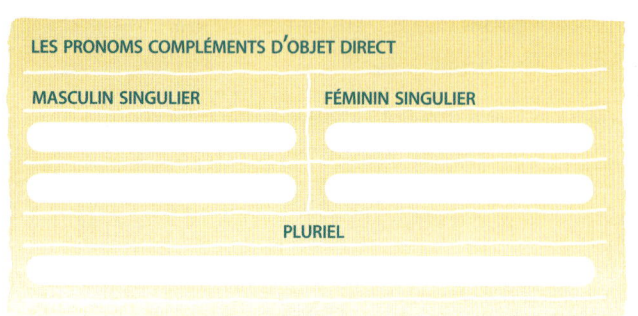

8. UN BON VIN BLANC

DES SONS ET DES LETTRES

A. Écoutez la prononciation de ces mots et faites attention aux voyelles nasales. Ensuite, répétez chaque série.

Piste 34

1. **restaurant** (ʀɛstoʀɑ̃) **piquant** (pikɑ̃)
   saignant (sɛɲɑ̃) **santé** (sɑ̃te)

2. **vin** (vɛ̃) **romarin** (ʀomaʀɛ̃)
   pain (pɛ̃) **tatin** (tatɛ̃)

3. **boisson** (bwasɔ̃) **melon** (məlɔ̃)
   bon (bɔ̃) **saumon** (somɔ̃)

B. Écoutez maintenant ces séries de trois mots. Dans quel ordre écoutez-vous les mots de chaque série ?

Piste 35

2	peine	3	pain	1	paix
	bon		bonne		beau
	taux		thon		tonne
	an		Anne		a
	ses		sain		saine
	reine		reins		raie

C. Maintenant, écoutez ces phrases et répétez.

Piste 36

- Voulez-vous du pain ?
- Voulez-vous du vin blanc ?
- Voulez-vous du poisson ?

Outils | 7

COMMANDER ET PRENDRE LA COMMANDE

SERVEUR

POUR PRENDRE LA COMMANDE

- Et pour ces messieurs / dames ?
- Alors, vous avez choisi ?
- Et comme entrée / plat / dessert ?
- Vous allez prendre une entrée / un dessert ?

CLIENT

POUR COMMANDER

- Comme entrée / plat / dessert, je vais prendre…

POUR PAYER

- Combien je vous dois ?
- Pouvez-vous me donner l'addition ?
- L'addition, s'il vous plaît.

DEMANDER ET DONNER DES INFORMATIONS SUR UN PLAT

DEMANDER

- (Excusez-moi), la soupe du jour, elle est à quoi ?
- (Excusez-moi), qu'est-ce que c'est la raclette ?

DONNER

- Aux tomates.
- C'est une recette avec des pommes de terre, de la charcuterie et du fromage fondu.

Confiture de fraises
Soupe à l'oignon
Salade d'endives
Crêpe au beurre
Omelette aux champignons
Sandwich jambon-beurre

SITUER UNE ACTION DANS LE FUTUR

Aller + infinitif (le futur proche) sert à présenter des intentions et des actions futures.

- Ce week-end, je vais aller à la mer.
- La semaine prochaine, je vais commencer à étudier sérieusement.

ALLER + INFINITIF

je **vais aller**
tu **vas partir**
il / elle / on **va arriver**
nous **allons acheter**
vous **allez manger**
ils / elles **vont boire**

EXPRIMER LA QUANTITÉ

DE FAÇON INDÉTERMINÉE – LES ARTICLES PARTITIFS

Les articles partitifs sont obligatoires devant les noms non-comptables.

du café — une thermos de café / une tasse de café / des bols de café

de l'eau — un litre d'eau / une carafe d'eau / des verres d'eau

DE FAÇON DÉTERMINÉE

Trois boîtes de…
Deux paquets de…
Une bouteille de…
Dix tranches de…
Deux tablettes de…
Cinq pots de…
Deux sachets de…

100 grammes de…
Un demi kilo de…
Un kilo de…
Un kilo et demi de…

Un demi-litre de…
Un litre de…
Un litre et demi de…

LES PRONOMS COMPLÉMENTS D'OBJET DIRECT (COD)

Le pronom COD remplace un nom déjà introduit dans le discours. Il s'accorde en genre et en nombre avec le nom qu'il reprend.

MASCULIN SINGULIER

- Comment prépare-t-il le poulet ?
- Il **le** cuisine avec du vin. Il **l'**aime ainsi.

FÉMININ SINGULIER

- Comment prépares-tu la viande ?
- Je **la** fais au four. Je **l'**aime bien cuite.

PLURIEL

- Comment mangez-vous les fraises ?
- Je **les** mange avec du sucre.

cent un | 101

7 | Outils en action...

9. DES AMIS À DÎNER

A. Monique reçoit des amis à dîner ce soir. Lisez sa liste et observez ses achats : a-t-elle oublié quelque chose ?

- 1 poulet
- 250 g de champignons
- 2 bouteilles de vin blanc
- tomates
- oignons
- riz
- 1 tablette de chocolat
- 1 plaquette de beurre
- 1 pot de crème fraîche
- 1 paquet de sucre en poudre
- une demi-douzaine d'œufs
- 1 salade
- 3 tranches de gouda jeune
- 100 g de roquefort
- 3 pommes golden ou gala
- huile
- vinaigre

B. Pour vérifier, écoutez Monique qui range ses courses.

Piste 37

10. UN REPAS DE BIENVENUE

A. Un guide de voyage explique la relation des Français à la nourriture et donne des conseils précieux aux étrangers en vacances en France. Lisez-les et repérez avec un camarade les ressemblances et différences avec votre pays.

Pour les Français, la nourriture est une grande préoccupation... et un grand plaisir !

- En France, on parle de cuisine même quand... on mange !

- En France, les journaux parlent tout le temps de régime d'amaigrissement, de qualité nutritive des aliments... On mange bien, mal, trop ou pas assez, il s'agit toujours de... manger !

- En France, il y a des supermarchés immenses qui proposent des centaines de produits alimentaires : des dizaines de fromages, des centaines de vins, une grande variété de charcuterie, des fruits et des légumes variés, sans parler du foie gras ou des huîtres... Aujourd'hui, on trouve même des repas tout prêts, sous vide, cuisinés par les plus grands chefs !

- En France, la nourriture c'est une affaire sérieuse qui s'évalue : messieurs Gault et Millau sont les fondateurs d'un guide gastronomique aussi célèbre que le Guide Michelin. Chaque année, ces guides attribuent des étoiles aux restaurants. Pour un restaurateur, recevoir une étoile de plus c'est comme recevoir le prix Nobel pour un scientifique.

B. Maintenant, lisez les conseils à suivre si vous recevez des Français chez vous ou si vous êtes invité chez des Français.

À faire / à ne pas faire

- Toujours faire d'un repas un plaisir et une rencontre : manger confortablement assis, dans un endroit agréable, en compagnie, et prendre son temps.
- Un bon repas à la française, c'est : un apéritif, une entrée, un plat, un dessert ou un fromage (et même une salade digestive après le plat).
- Les Français apprécient une bonne bouteille de vin en mangeant. 
- En cas d'invitation, toujours apporter quelque chose : le dessert, l'apéritif (chez des amis) ou, pour une invitation plus formelle, apportez plutôt du vin, des chocolats ou des fleurs.
- Ne vous servez pas tout seul. Attendez qu'on vous le propose.
- N'oubliez pas que les Français vont apprécier vos compliments : « C'est vraiment délicieux ! Fabuleux, ce clafoutis ! »

C. Maintenant que vous en savez plus sur les Français, vous allez recevoir un groupe de professeurs de français qui visitent votre ville. Vous allez leur offrir un repas de bienvenue. En groupe, décidez de l'heure, de la durée et du type de repas que vous voulez leur proposer.

- un brunch du dimanche
- un pique-nique dehors
- un repas complet international
- un repas typique de votre pays
- un repas végétarien
- un buffet
- un goûter
- …

D. En petits groupes, choisissez le menu de ce repas. Notez les ingrédients dont vous avez besoin.

Salade de pommes de terre

1,5 kg de pommes de terre
1 cornichon
1 oignon
1 pot de mayonnaise
sel, poivre

E. Présentez votre menu au reste de la classe. Attention, tout le monde doit comprendre de quoi il s'agit.

- Nous, nous proposons un pique-nique. Comme entrée, nous proposons une salade allemande.
- C'est fait avec quoi ?

Découvrez les activités 2.0 sur
versionoriginale.difusion.com

7 | Regards sur...

LES FRANÇAIS ONT LA RÉPUTATION D'ÊTRE DE FINS GOURMETS. EST-CE UN MYTHE OU UNE RÉALITÉ ?

Selon *Francoscopie*, les choix alimentaires des Français ont beaucoup évolué depuis les années 60. En 2009, ils consomment trois fois plus de volaille, moins de légumes frais mais plus de légumes surgelés, plus de tomates et de compotes, moins de baguette. Ils achètent aussi beaucoup plus de yaourts aromatisés et de desserts lactés. Les plats cuisinés surgelés ont beaucoup de succès. Pour ce qui est des boissons, ils boivent plus de jus de fruits, de bières et de cocktails et enfin plus d'eaux minérales.

LES REPAS DES FRANÇAIS

Petit déjeuner

Le petit déjeuner a évolué et la trilogie pain-beurre-confiture est souvent complétée ou remplacée par un bol de céréales accompagné d'un fruit ou d'un jus de fruit. Les adultes boivent un thé ou un café (avec ou sans lait) et les plus jeunes un chocolat au lait.

Déjeuner

Au déjeuner, quatre Français sur dix mangent à l'extérieur :

- ceux qui sont scolarisés mangent à la « cantine ». 40% des demi-pensionnaires ne sont pas satisfaits de cette formule et les collégiens donnent la note très moyenne de 12/20 à leur cantine (sondage Ifop, janvier 2008). Pourtant, huit ados sur dix estiment y passer un moment plutôt ou très agréable. Vive les copains, donc !

- les adultes, eux, mangent aux restaurants d'entreprise ou dans des restaurants qui proposent des plats du jour. Ils achètent aussi leurs repas dans des snacks, des boulangeries ou encore chez le traiteur ou dans des distributeurs automatiques. Certains prennent la peine de préparer un petit repas à la maison et l'apportent au bureau. Le repas se prend alors rapidement pour partir plus tôt ou s'avancer dans son travail.

Certains mangent aussi debout pour gagner du temps : en faisant leurs courses, leur shopping et même en revenant du sport ! C'est ce qu'on appelle le « nomadisme alimentaire ».

Dîner

Les Français passent-ils des heures dans leur cuisine pour privilégier les repas en famille ? Cela dépend…

Si manger est considéré comme une corvée supplémentaire, après une longue journée de travail, le repas risque d'être de style « malbouffe », fait d'aliments trop gras et trop sucrés, pauvres en nutriments, vite avalé devant la télévision.

Si manger est considéré comme un plaisir, le repas sera de style « slow food » avec des légumes achetés au marché bio, cuits dans un « wok », une viande ou un poisson grillé. Le repas se terminera par des fruits. La famille prendra le temps de l'apprécier et de discuter de sa journée tout en mangeant.

Regards sur... | 7

11. À TABLE !

A. Depuis les années 60,

les Français consomment moins de :

....

les Français consomment plus de :

....

B. Donner la définition de :

la malbouffe : quand manger est une

....

le slow food : quand manger est un

....

C. Et chez vous ?

Y a-t-il des cantines ou des restaurants d'entreprise dans votre pays ?

....

Sinon, où mangent les enfants ?

....

Et vous ? Où mangez-vous à midi ? Que mangez-vous ? Où l'achetez-vous ?

....

ON TOURNE !

LES SECRETS DU ROQUEFORT

A. Pendant la visite, on voit... (mettez les propositions dans l'ordre, en les classant de 1 à 6) :

- [ ] les fromages
- [ ] la cave
- [ ] un enfant
- [ ] la guide
- [ ] le village
- [ ] les fleurines

B. Pour faire un bon roquefort, il faut :

un taux d'humidité de : ....

une température de : ....

un champignon qui s'appelle : ....

Les trois étapes de la fabrication sont : ....

....

....

C. Si vous avez déjà goûté ce fromage, dites comment vous le trouvez.

- [ ] doux
- [ ] fort
- [ ] sans saveur
- [ ] bon
- [ ] horrible

D. Dans votre pays ou dans votre région, existe-t-il un fromage typique ? Quel est son nom ? Où est-il fabriqué ?

....

....

cent cinq

8

Je sais bricoler

À la fin de cette unité, nous serons capables de décrire nos savoirs et nos compétences pour proposer nos services à nos camarades.

Pour cela, nous allons apprendre à :
- parler de nos expériences et de ce que nous savons faire
- parler de faits passés

Nous allons utiliser :
- le passé composé
- les verbes **savoir**, **pouvoir** et **connaître**
- les adjectifs qualificatifs
- les marqueurs temporels du passé

Nous allons travailler le point de phonétique suivant :
- les liaisons

Je monte vos meubles.
Veronica
06 76 35 27 99

Vous aimez la lecture mais vous avez des problèmes de vue ?
Je lis pour vous.
Sylvie 06 78 48 33 22

Je garde votre chat.
Sonia
sonialebrasseur@version.vo

J'aime beaucoup les animaux !!!
Je peux promener votre chien.
Marc : 05.59.48.37.21

Je garde vos enfants.
Laurianne
05 44 34 25 17

VOUS N'ÊTES PAS BRICOLEUR ?
JE DÉMONTE VOS ROBINETS.
PHILIPPE
PL.2000@VERSION.VO

Votre jardin est une jungle ?!
Appelez-moi !
Pierre
05 78 48 38 28

A B C D

JE FAIS VOS COURSES.
OSCAR
06 87 47 29 00

Japonaise de 30 ans, 5 ans d'expérience dans l'enseignement, enseigne le japonais.
Yoko   yoko.japo@version.vo

Votre voiture est en panne ? Vous n'avez pas le permis de conduire ? Je vous conduis où vous voulez.
Yvette 05 74 37 28 39

Je vous coiffe chez vous.
Corinne
06 68 42 53 44

Je fais toutes sortes de tartes.
Annick 06 26 57 48 39

J'aide vos enfants à faire leurs devoirs.
Serge
06 58 40 30 20

Premier contact

1. QUI FAIT QUOI ?
A. Ces personnes appartiennent à une association d'échange de services. Voici leur tableau d'affichage. Reliez chaque photo à son annonce.

• Je crois que la photo A représente Oscar qui fait les courses.

B. Y a-t-il un service qui vous intéresse ? Lequel ?

• Le service d'Annick m'intéresse parce que je suis très gourmand et que je n'ai pas le temps...

cent sept | 107

8 | Textes et contextes

2. UN BILAN DE COMPÉTENCES

A. Un bilan de compétences peut être utile pour prendre une décision sur notre avenir professionnel. Voici un de ces tests d'orientation et les réponses de Camille, une jeune fille de 18 ans qui doit décider quelles études et quel métier faire. Définissez sa personnalité.

- communicative
- généreuse
- aventurière
- cultivée
- pratique

BILAN DE COMPÉTENCES

Nom : LEGRAND
Prénom : CAMILLE

Avez-vous déjà voyagé à l'étranger ?
- ☑ Oui, j'adore découvrir différentes cultures.
- ☐ Non, je préfère rester chez moi.
- ☐ Oui, pour le travail / mes études.
- ☐ Autre.

Avez-vous déjà pratiqué un sport à risque ?
- ☐ Oui, j'ai sauté en parachute / fait de la plongée sous-marine / fait de l'escalade…
- ☑ Je n'en ai jamais eu l'occasion, mais j'aimerais bien.
- ☐ Non, je déteste prendre des risques.
- ☐ Autre.

Avez-vous déjà repeint votre maison / votre chambre ?
- ☑ Oui, j'aime bien bricoler.
- ☐ Non, les travaux manuels, c'est pas mon truc.
- ☐ Oui, mais je préfère contacter un professionnel.
- ☐ Autre.

Combien de livres avez-vous lu cette année ?
- ☑ Au moins 10 livres, j'adore la lecture.
- ☐ De 2 à 10.
- ☐ Aucun, je ne lis jamais.
- ☐ Autre.

Parlez-vous des langues étrangères ?
- ☑ Oui, j'adore communiquer et j'apprends des langues facilement.
- ☐ J'ai étudié plusieurs langues, mais j'ai encore du mal à m'exprimer.
- ☐ Non, je ne suis pas doué pour les langues.
- ☐ Autre.

Vos vacances idéales…
- ☑ partir avec une association humanitaire à l'étranger.
- ☐ un trekking au Népal.
- ☐ une visite organisée des châteaux de la Loire.
- ☐ Autre.

Avez-vous déjà travaillé en équipe ?
- ☑ Oui et j'adore !
- ☐ Oui, mais seulement si je suis le chef.
- ☐ Non, je préfère travailler de manière individuelle.
- ☐ Autre.

Avez-vous déjà aidé des amis à résoudre un problème personnel ?
- ☑ Souvent, les amis sont là pour cela.
- ☐ Seulement quand ils me l'ont demandé.
- ☐ Jamais.
- ☐ Autre.

Vous préférez…
- ☐ vous occuper du jardin.
- ☑ garder des enfants.
- ☐ organiser une fête.
- ☐ Autre.

Avez-vous déjà joué dans une pièce de théâtre ?
- ☑ Oui, je fais partie d'un groupe.
- ☐ Une fois, il y a des années.
- ☐ Jamais. Je suis trop timide.
- ☐ Autre.

Textes et contextes | 8

B. Pour avoir plus d'informations sur les goûts et les compétences de Camille, écoutez maintenant l'entretien qu'elle a eu avec un conseiller d'orientation.

Piste 38

En cours, ses matières préférées sont
....

Elle aime
....

Elle n'aime pas
....

Elle est douée pour
....

Elle se voit comme une personne
....

C. À deux, avec les informations que vous avez, décidez quel métier est le plus adapté pour Camille.

☐ Infirmière
☐ Professeure
☐ Assistante sociale
☐ Bibliothécaire
☐ Commerce international
☐ Autres : le(s)quel(s) ?

● Je crois qu'elle pourrait être assistante sociale, parce qu'elle aime aider les gens et qu'elle sait travailler en équipe...
○ Mmm, je n'en suis pas certaine...

D. À votre tour, répondez de manière individuelle au bilan, puis transformez les phrases de l'exercice B et complétez-les pour parler de vous.

8 | À la découverte de la langue

3. POISSONS D'AVRIL, VACHES ET AVIONS

A. En France, le premier avril, les médias glissent une information fausse dans leur journal, un « poisson d'avril ». Parmi ces chapeaux de presse, une seule information est fausse, laquelle ?

> Un Airbus A320 s'est posé hier sur l'eau glacée de la rivière Hudson à New York.

> En Angleterre, deux pilotes amateurs ont atterri dans un pré pour déjeuner... Des vaches ont mangé les ailes de leur petit avion et ils ont dû rentrer chez eux en train.

> La SNCF a décidé de faire payer pour l'usage des toilettes dans ses trains.

> La police du Valais (en Suisse) a arrêté deux personnes pour le vol de 32 cloches de vaches.

> Le 8 décembre à St-Galmier (Rhône-Alpes), Daniel Bocuze est entré dans le livre des records : il a couru 732,5 km sur un tapis roulant pendant 168 heures, nuit et jour.

B. Pour vérifier, écoutez les infos radiophoniques du lendemain.
Piste 39

C. Tous ces chapeaux sont écrits au passé composé, un temps verbal qui sert à rapporter des événements passés. Relisez les textes et soulignez les formes de ce temps.

D. Comment se forme le passé composé ? Essayez de compléter la règle.

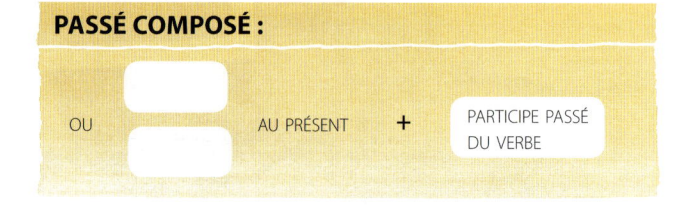

PASSÉ COMPOSÉ :

OU ▢ / ▢ AU PRÉSENT + PARTICIPE PASSÉ DU VERBE

110 | cent dix

À la découverte de la langue | 8

4. PARCOURS DE VIE

A. Ces trois personnes se sont distinguées chacune dans un domaine. Attribuez à chacune d'elles les six phrases qui leur correspondent.

- [B] Il est né en 1952 à Bagneux, où il a vécu une enfance modeste.
- [A] Il est né à Bruxelles de parents français.
- [C] Il est né en 1926 près de Lyon, dans une famille de cuisiniers depuis le XVIIe siècle.

⬇

- [ ] Très jeune, sa grand-mère lui a appris à coudre.
- [ ] En 1942, il est entré comme apprenti dans un restaurant de Lyon où il a appris à faire le marché.
- [ ] Il s'est installé au Brésil, où il a enseigné la sociologie à l'université de São Paulo de 1935 à 1938.

⬇

- [ ] À 18 ans, il s'est engagé dans l'armée de libération du Général de Gaulle.
- [ ] Il a envoyé ses croquis à Pierre Cardin et, le jour de ses 18 ans, il est entré dans cette maison de couture.
- [ ] En 1938, il a traversé le Brésil, où il a rencontré les indiens Nambikwara, les Mundé et les Tupi Kawahib.

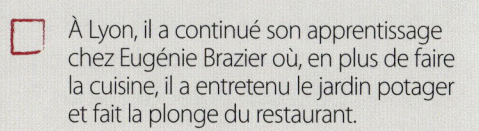

A Claude Lévi-Strauss
anthropologue

B Jean-Paul Gaultier
styliste

C Paul Bocuse
cuisinier

- [ ] À Lyon, il a continué son apprentissage chez Eugénie Brazier où, en plus de faire la cuisine, il a entretenu le jardin potager et fait la plonge du restaurant.
- [ ] En 1974, il a lancé sa première collection au Palais de la Découverte à Paris.
- [ ] Pendant la 2e guerre mondiale, il a quitté la France et s'est réfugié à New York.

⬇

- [ ] Dans les années 40, il a travaillé dans un prestigieux restaurant de la place de la Madeleine à Paris.
- [ ] Du début des années 1960 au début des années 1970, il s'est consacré à l'étude des mythes.
- [ ] En 1983, il a lancé la mode du tee-shirt à rayures.

⬇

- [ ] En 1997, il a créé les costumes du film le *Cinquième élément* de Luc Besson.
- [ ] En 1987, il a créé un concours mondial de cuisine.
- [ ] En 2008, il a eu 100 ans.

B. Maintenant, observez les formes verbales employées. Relevez les verbes qui se construisent avec l'auxiliaire *être* et ceux qui se construisent avec l'auxiliaire *avoir*.

Avec **être** : ....

Avec **avoir** : ....

C. Relisez le texte et soulignez les indicateurs temporels.

D. À votre tour, notez par écrit ce que vous considérez comme les étapes de votre parcours : naissance, formation, travail et vie personnelle.

• Je suis né à Munich. J'ai fait des études de Biologie à l'université Humboldt de Berlin. Je me suis marié en 2003…

8 | À la découverte de la langue

5. LIAISONS DANGEREUSES

DES SONS ET DES LETTRES

A. La liaison est la prononciation d'une consonne muette à la fin d'un mot quand le mot suivant commence par une voyelle. Écoutez ces formes verbales et indiquez les liaisons. Quel son entendez-vous ?

j'	**ai**	fait	je	**suis**	venu
tu	**as**	fait	tu	**es**	venu
il	**a**	fait	il	**est**	venu
nous	**avons**	fait	nous	**sommes**	venu**s**
vous	**avez**	fait	vous	**êtes**	venu**s**
ils	**ont**	fait	ils	**sont**	venu**s**

B. Maintenant, qu'entendez-vous : *ils sont* ou *ils ont* ?

1. ils .... venus
2. elles .... appris
3. ils .... partis
4. ils .... acheté
5. elles .... restées
6. elles .... déjeuné

6. CE SOIR, JE NE PEUX PAS

A. Lisez le texte de cette conversation, puis répondez aux questions.

- Tu sais faire la quiche lorraine ?
- Oui, pourquoi ?
- Tu en fais une ce soir ?
- Ah non, ce soir, je ne peux pas.
- Tu dis ça parce que tu ne sais pas la faire...
- Mais si, je sais. Mais ce soir, je ne peux pas, je n'ai pas le temps.

Savez-vous cuisiner un plat français ? Pouvez-vous donner la recette à vos camarades ?

B. Maintenant, à deux, complétez avec **je peux** ou **je sais**.

.... nager depuis l'âge de trois ans. J'ai appris avec mon père.

.... aller faire les courses, si tu veux.

.... rester avec les enfants ce soir, si tu veux sortir.

.... jouer du piano et du violon. J'ai fait 12 ans d'études au conservatoire.

.... boire un verre d'eau ? J'ai soif.

.... pourquoi Alice n'est pas venue ce matin.

.... venir avec vous au cinéma ?

.... parler trois langues étrangères.

Vous avez déjà terminé la réunion ?

Outils | 8

▸ PARLER DE FAITS PASSÉS

LE PASSÉ COMPOSÉ

| AUXILIAIRE AVOIR OU ÊTRE AU PRÉSENT | + | PARTICIPE PASSÉ DU VERBE |

j'	ai		je	suis	
tu	as		tu	es	parti(e)
il / elle	a	étudié	il / elle	est	
nous	avons		nous	sommes	
vous	avez		vous	êtes	parti(e)(s)
ils / elles	ont		ils / elles	sont	

Le choix de l'auxiliaire

▸ Avec **avoir**, tous les verbes sauf :
– **les verbes pronominaux**.
• Hier, je me **suis** couché(e) de bonne heure.
– **les 15 verbes suivants** indiquant un changement de lieu ou d'état :

aller	retourner	partir
arriver	rester	sortir
entrer	apparaître	mourir
naître	tomber	descendre
monter	venir	revenir

• Victor Hugo **est** né en 1802 et il **est** mort en 1885.

Le participe passé

▸ Les verbes en **–er** ➔ **é**
travaill**é**, étudi**é**, voyag**é**, jou**é**, cuisin**é**…

▸ Les verbes en **-ir** ➔ **-i**
fin**i**, grand**i**, sort**i**, dorm**i**…

▸ Les autres verbes :
participe passé en **–u** : re**çu**, **lu**, te**nu**, **cru**, **dû**, **pu**, **su**…
participe passé en **–is** : **pris**, **mis**…
participe passé en **–it** : **fait**, **dit**, **écrit**…

Dans les constructions suivantes, les participes passés accompagnés de l'auxiliaire **avoir** restent invariables et ceux accompagnés de l'auxiliaire **être** s'accordent en genre et en nombre avec le sujet.

• J'ai regard**é** la télé.
• Nous avons regard**é** la télé.
• Jean est mont**é** et il s'est couch**é**.
• Martine est mont**ée** et elle s'est couch**ée**.
• Les enfants sont mont**és** et se sont couch**és**.

Les adverbes

Quelques adverbes se placent entre l'auxiliaire et le participe passé.

| AUXILIAIRE | + | ADVERBE | + | PARTICIPE PASSÉ |

Tu as **déjà** goûté ce fromage ?
Nous avons **bien** / **mal** mangé ce midi.
J'ai **toujours** aimé voyager.
Vous êtes **encore** arrivés en retard !

La négation au passé composé

| NE | + | AUXILIAIRE | + | PAS/JAMAIS… | + | PARTICIPE PASSÉ |

• Je **n'**ai **jamais** étudié le russe.

LES MARQUEURS TEMPORELS DU PASSÉ

En 1984…
À 18 ans…
Depuis le XIX{e} siècle / juin / 1999…
De 2006 **à** 2009…
Pendant les vacances…
Dans les années 40…
Hier, avant-hier…
La semaine dernière, le mois dernier…

Il y a 3 ans…   Aujourd'hui…

▸ PARLER DE SES SAVOIRS ET DE SES COMPÉTENCES

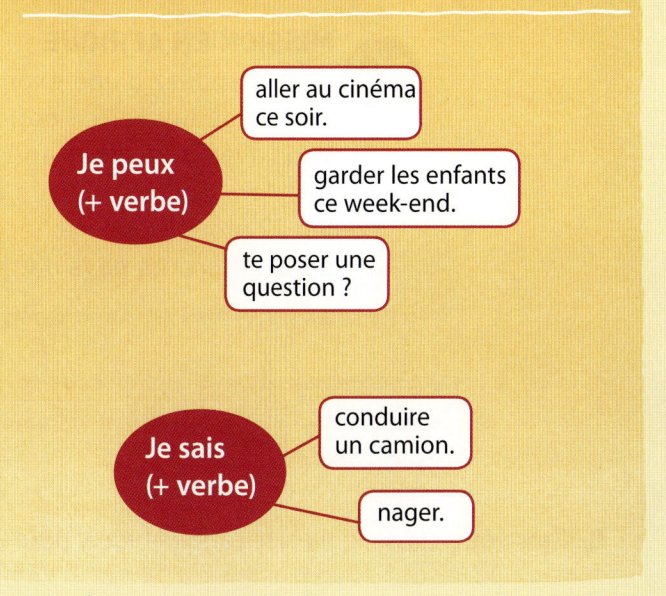

Je peux (+ verbe)
— aller au cinéma ce soir.
— garder les enfants ce week-end.
— te poser une question ?

Je sais (+ verbe)
— conduire un camion.
— nager.

cent treize | 113

8 | Outils en action...

7. PHIL ET SÉVERINE

A. Phil et Séverine veulent se connaître mieux. Écoutez leur conversation et notez ce que vous apprenez de nouveau sur eux.

B. Par groupes de deux ou trois, préparez des questions pour en savoir plus sur vos camarades.

- Alors, Daniele, tu as toujours vécu à Rome ?
- Non, je suis né près de Naples et j'ai déménagé à l'âge de 15 ans.

8. CE POSTE M'INTÉRESSE

A. Voici trois petites annonces d'emploi. Choisissez celle qui vous intéresse et expliquez à vos camarades pourquoi ce poste est fait pour vous.

TOURISME
Agence de voyages recherche un **accompagnateur** parlant plusieurs langues. Le guide doit accompagner des groupes d'étrangers dans différentes régions françaises.
Connaissances de la France souhaitables. Expérience non obligatoire.

RESTAURATION
Petit restaurant sympa sur la Côte d'Azur recherche nouveau **cuisinier** pour l'été. Vous aimez cuisiner, vous êtes inventif dans votre cuisine et vous voulez passer l'été près de Nice ? Contactez-nous !

MISSION EN AFRIQUE
Vous disposez d'une expérience professionnelle dans le monde de la santé, l'éducation, l'informatique ou les affaires. Vous avez plus de 24 ans, vous avez des connaissances de base en français et vous êtes disponible pour des missions de 9 à 12 mois. Nous recherchons des **coopérants** pour travailler dans différents pays d'Afrique.

- Moi, le poste d'accompagnateur m'intéresse. Je connais un peu la France ; je parle allemand, anglais et j'ai des connaissances en français. Et puis, j'adore voyager...

B. Dans votre classe, qui est le candidat idéal pour chacun de ces postes ?

9. LA BANQUE DU TEMPS

A. Savez-vous ce que c'est qu'un SEL ? Lisez ces titres de presse et faites des hypothèses.

> **Les SEL en France inventent un monde sans argent**

> **SANS €, J'ACHÈTE ET JE VENDS**

> **Le SEL remplace l'euro**

B. Lisez cet article et commentez-le avec vos camarades. Les SEL vous semblent-ils une bonne idée ?

SEL EST LE SIGLE DE « SYSTÈME D'ÉCHANGE LOCAL »

Un « SEL » est une association locale de gens qui échangent des services, des savoirs ou des biens, sans utiliser d'argent. On peut ainsi échanger une heure de nettoyage contre une heure de cours de chimie, de jardinage, de baby-sitting, de cours de guitare, de réparation de bicyclette, etc. Un SEL est un groupe d'entraide, une sorte de troc organisé, qui permet d'obtenir un service en en rendant un autre. Pourquoi « SEL » ? Parce que, dans certaines de ces associations, un service est rémunéré par... des grains de sel avec lesquels on pourra payer un autre service.

C. Vous allez créer un SEL dans votre classe. Chacun d'entre vous va afficher une petite annonce. Pour cela, vous devez faire un bilan de vos compétences : pensez à vos savoirs, à ce que vous savez bien faire... et mettez en valeur vos expériences dans ce domaine.

JAN - Cours de guitare

Je propose mes services comme prof de guitare. J'ai fait des études de guitare classique au conservatoire de Varsovie pendant 8 ans et j'ai également suivi des cours de guitare jazz et flamenco.

J'ai déjà donné des cours de guitare à des enfants et aussi à des adultes et je crois que je suis un bon prof : je suis patient, j'aime voir les progrès des élèves et j'ai des connaissances en pédagogie musicale...

Je suis disponible tous les jours à partir de 18 heures.

D. Parmi les services proposés par vos camarades, lequel vous intéresse le plus ? Prenez contact avec ce camarade et essayez de vous mettre d'accord sur un échange.

> Découvrez les activités 2.0 sur versionoriginale.difusion.com

8 | Regards sur...

LE MONDE DES BÉNÉVOLES

Aujourd'hui, en France, plus de 14 millions de bénévoles sont engagés dans une association. Qu'ils soient jeunes ou vieux, étudiants ou chômeurs, actifs ou retraités, beaucoup de ces bénévoles mettent leurs compétences et leur temps au service des personnes en difficulté. Voici les portraits de certains d'entre eux.

Véronique, 52 ans, mariée, deux enfants scolarisés, sans emploi.

Auparavant, Véronique était professeure de français langue étrangère, mais depuis qu'elle est mère au foyer, elle s'est inscrite comme bénévole dans deux associations.

Trois fois par semaine, elle aide la *Croix-Rouge* dans sa lutte contre l'illettrisme. Elle donne des cours de français aux adultes qui ont des difficultés à lire, écrire, comprendre et parler le français.

croix-rouge française

Au *Secours populaire*, elle a aidé à organiser le Vitality Tour, qui a pour objectif de favoriser l'accès au sport et aux loisirs de 900 enfants défavorisés, âgés de 8 à 12 ans. Ça leur permet de vivre des moments heureux et de partir en vacances.

Ces deux expériences lui apportent beaucoup de satisfaction et elle y tient beaucoup.

Germain, 62 ans, marié, grand-père deux petites-filles de 8 et 10 ans, dresseur de chevaux

Germain est impliqué depuis très longtemps dans l'aide aux personnes handicapées. Il y a 15 ans, il a réussi à réunir ses deux centres d'intérêt dans une association : l'aide aux handicapés et son amour des chevaux. Avec l'aide des éducateurs, donc il fait monter à cheval des enfants handicapés afin de développer leur autonomie et de leur donner confiance en eux.
Germain est heureux de constater les progrès et le bonheur de ces enfants.

ON TOURNE !

ICI ET LÀ-BAS

A. Complétez les informations suivantes sur Gaspard :

son nom : ....

sa nationalité : ....

le lieu de naissance de sa mère : ....

le lieu de naissance de son père : ....

Regards sur... | 8

Max, 35 ans, célibataire, informaticien et ancien joueur de rugby

Max a beaucoup de temps libre, alors il est bénévole au « Rugby club » de son village les mardis et vendredis soirs : il entraîne les enfants de 8 à 10 ans. Il les accompagne aux matchs le week-end et, bien sûr, organise des fêtes quand ils gagnent ! Les lundis et jeudis soirs, il aide les enfants en difficulté à faire leurs devoirs dans une des associations de son village qui s'appelle « Le club 210 ». Chaque progrès est un véritable cadeau pour Max.

Marion
27 ans, étudiante, cycliste, globe-trotter...
et bénévole

Et vous, quel bénévole serez-vous ?

Rejoignez les 14 millions de bénévoles en France
Rendez-vous sur www.associations.gouv.fr

5 DÉCEMBRE 2008
JOURNÉE INTERNATIONALE DES BÉNÉVOLES

10. J'OFFRE MON TEMPS

A. Relevez les noms des associations nommées dans le texte.

B. Retrouvez qui fait quoi.

- Max
- Germain
- Véronique

- aide les handicapés
- aide les illettrés
- aide les enfants en difficulté

- avec des chevaux
- avec du papier et un crayon
- avec un ballon ovale

C. Et dans votre pays, est-ce courant d'être bénévole ? Dans quelles associations ?

B. Retracez les différentes étapes du voyage de Gaspard.

C. Quelles sont les questions que vous aimeriez poser à Gaspard ?

D. Connaissez-vous des personnes étrangères qui vivent depuis longtemps dans votre pays ? Pouvez-vous raconter leur histoire ?

cent dix-sept | 117

Entraînement à l'examen du **DELF A1**

Lors de cette épreuve de production écrite, vous devrez compléter une fiche ou un formulaire, rédiger une carte postale ou une légende qui portent sur des sujets de la vie quotidienne.

25 points

QUELQUES CONSEILS POUR L'EXAMEN

Quand vous complétez une fiche ou un formulaire :
- vous pouvez vous inventer une identité : personne ne pourra vérifier si vous donnez des informations réelles.
- n'oubliez pas de mentionner votre ville ou votre pays en français, s'il existe une traduction.
- ne donnez que les informations demandées : vous éviterez ainsi de vous tromper.
- ne confondez pas les rubriques (ex : nom / prénom).

Quand vous rédigez une carte postale :
- n'oubliez pas les formules de salutation (cher(e)(s) … + virgule) et de prise de congé (à bientôt, bises, bisous…).
- rien ne vous oblige à raconter la vérité : personne ne pourra vérifier.
- utilisez les ressources que vous connaissez bien.
- respectez les consignes de longueur.
- donnez l'information demandée dans la consigne.
- restez tout le temps dans le tutoiement ou le vouvoiement, selon votre choix initial.
- ne cherchez pas à compliquer : faites des phrases courtes.

Quand vous rédigez des légendes de photos, de dessins, etc. :
- ne donnez pas de détails inutiles ; répondez simplement aux questions : qui ? quoi ? où ? quand ? qui recouvrent généralement l'information donnée par l'image.
- exprimez-vous en phrases courtes, simples mais claires.

EXERCICE 1

Une revue réalise une enquête sur l'alimentation des jeunes Européens.
Remplissez les deux parties du formulaire suivant.

Les habitudes des Européens

Nom :
Prénom :
Âge :
Nationalité :
Profession :

MES LOISIRS DE LA SEMAINE DERNIÈRE :

J'ai ....
J'ai ....
J'ai ....
....

MES REPAS DE LA SEMAINE DERNIÈRE :

J'ai ....
J'ai ....
J'ai ....
....

Production écrite

EXERCICE 2

Sur un site Internet de recherche d'emploi, vous posez votre candidature à un poste professionnel supérieur au vôtre ; rédigez un bref curriculum vitae mettant en évidence vos capacités et vos expériences antérieures.

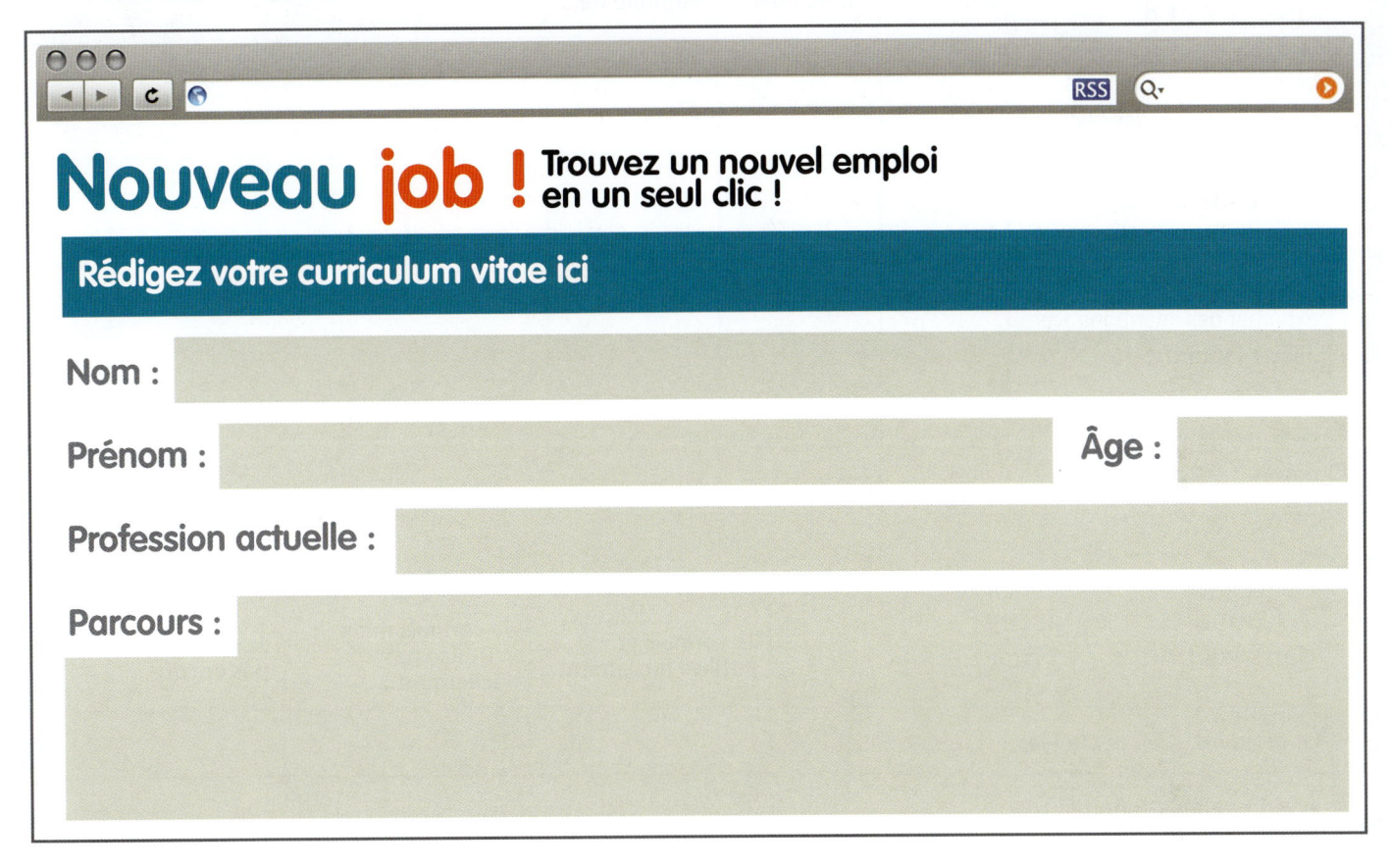

Nouveau job ! Trouvez un nouvel emploi en un seul clic !

Rédigez votre curriculum vitae ici

Nom :

Prénom :   Âge :

Profession actuelle :

Parcours :

EXERCICE 3

Écrivez une carte postale à un(e) ami(e), qui voudrait suivre vos cours de français, dans laquelle vous lui décrivez ce que vous avez fait cette année.

L'Arc de Triomphe, Paris

Journal d'apprentissage

AUTOÉVALUATION

1. Compétences visées dans les unités 7 et 8

	Je suis capable de…	J'éprouve des difficultés à…	Je ne suis pas encore capable de…	Exemples
demander et donner des informations sur des plats				
commander dans un restaurant				
exprimer des intentions avec **aller + infinitif**				
raconter des événements passés				

2. Connaissances visées dans les unités 7 et 8

	Je connais et j'utilise facilement…	Je connais mais n'utilise pas facilement…	Je ne connais pas encore…
les pronoms COD : **le / la / les**			
le verbe : **aller + infinitif**			
les articles partitifs : **du, de l', de la**			
le lexique des aliments			
le lexique des quantités			
le lexique des « contenants »			
la morphologie du passé composé			
la morphologie des participes passés			
la négation et les temps composés			
les marqueurs temporels du passé			
les verbes : **pouvoir, savoir** et **connaître**			

Unités **7** et **8**

BILAN

Mon usage actuel du français	☀	⛅	☁	☁☁
quand je lis				
quand j'écoute				
quand je parle				
quand j'écris				
quand je réalise les tâches				

Ma connaissance actuelle	☀	⛅	☁	☁☁
de la grammaire				
du vocabulaire				
de la prononciation et de l'orthographe				
de la culture				

À ce stade, mes points forts sont : ....

....

À ce stade, mes difficultés sont : ....

....

Des idées pour améliorer	en classe	à l'extérieur (chez moi, dans la rue...)
mon vocabulaire		
ma grammaire		
ma prononciation et mon orthographe		
ma pratique de la lecture		
ma pratique de l'écoute		
mes productions orales		
mes productions écrites		

Si vous le souhaitez, discutez-en avec vos camarades.

Annexes

- Précis de grammaire
- Tableaux de conjugaison
- Transcriptions des enregistrements et du DVD
- Cartes
- Index analytique

Précis de grammaire

L'ALPHABET PHONÉTIQUE

VOYELLES ORALES

[a]	Marie [maʀi]
[ɛ]	fait [fɛ] / frère [fʀɛʀ] / même [mɛm]
[e]	étudier [etydje] / les [le] / vous avez [vuzave]
[ə]	le [lə]
[i]	Paris [paʀi]
[y]	rue [ʀy]
[ɔ]	robe [ʀɔb]
[o]	mot [mo] / cadeau [kado] / jaune [ʒon]
[u]	bonjour [bɔ̃ʒuʀ]
[ø]	jeudi [ʒødi]
[œ]	sœur [sœʀ] / peur [pœʀ]

VOYELLES NASALES

[ã]	dimanche [dimãʃ] / vent [vã]
[ɛ̃]	intéressant [ɛ̃teʀesã] / impossible [ɛ̃pɔsibl]
[ɔ̃]	mon [mɔ̃]
[œ̃]	lundi [lœ̃di] / un [œ̃]

SEMI-CONSONNES

[j]	chien [ʃjɛ̃]
[w]	pourquoi [puʀkwa]
[ɥ]	je suis [ʒəsɥi]

CONSONNES

[b]	Bruxelles [bʀyksɛl] / abricot [abʀiko]
[p]	père [pɛʀ] / apprendre [apʀãdʀ]
[t]	tableau [tablo] / attendre [atãdʀ]
[d]	samedi [samdi] / addition [adisjɔ̃]
[g]	gâteau [gato] / langue [lãg]
[k]	quel [kɛl] / crayon [kʀejɔ̃] / accrocher [akʀɔʃe] / kilo [kilo]
[f]	fort [fɔʀ] / affiche [afiʃ] / photo [fɔto]
[v]	ville [vil] / avion [avjɔ̃]
[s]	français [fʀãsɛ] / silence [silãs] / passer [pase] / attention [atãsjɔ̃]
[z]	maison [mezɔ̃] / zéro [zero]
[ʃ]	chat [ʃa]
[ʒ]	jupe [ʒyp] / géographie [ʒeɔgʀafi]
[m]	maman [mamã] / grammaire [gʀamɛʀ]
[n]	bonne [bɔn] / neige [nɛʒ]
[ɲ]	Espagne [ɛspaɲ]
[l]	lune [lyn] / intelligent [ɛ̃teliʒã]
[ʀ]	horrible [ɔʀibl] / mardi [maʀdi]

Précis de grammaire

QUELQUES CONSEILS POUR BIEN PRONONCER LE FRANÇAIS

LES CONSONNES EN POSITION FINALE

▲ En général, on ne prononce pas les consonnes en fin de mot.
grand [gʀɑ̃]
petit [pəti]
souris [suʀi]

LE « E » EN POSITION FINALE

▲ En général, on ne prononce pas le « e » en fin de syllabe ou en fin de mot.
Nous appelons le docteur. [nuzaplɔ̃lədɔktœʀ]
la table [latabl]

▲ Le « e » final permet de prononcer la consonne qui le précède.
grand [gʀɑ̃] / grande [gʀɑ̃d]

LES VOYELLES NASALES

▲ Pour prononcer les voyelles nasales, on doit faire passer l'air par le nez. Comme pour imiter une personne enrhumée.
jardin [ʒaʀdɛ̃]
maison [mezɔ̃]
grand [gʀɑ̃]
brun [bʀœ̃]

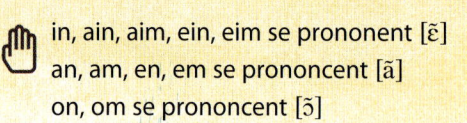

✋ in, ain, aim, ein, eim se prononent [ɛ̃]
an, am, en, em se prononcent [ɑ̃]
on, om se prononcent [ɔ̃]

LES ACCENTS

▲ En français, on peut trouver deux ou trois accents sur un seul mot.
téléphone [telefɔn]
préférée [pʀefeʀe]
élève [elɛv]

L'ACCENT AIGU (´)

▲ Il se place seulement sur le « e ».
Dans ce cas, il faut le prononcer [e].
café [kafe]
musée [myze]
poésie [poezi]

L'ACCENT GRAVE (`)

▲ Il se place sur le « e », le « a » et le « u ».

▲ Sur le « a » et sur le « u », il sert à distinguer un mot d'un autre :

a (verbe avoir) / à (préposition)
*Il **a** un chien. / Il habite **à** Toulouse.*

la (article défini) / là (adverbe de lieu)
***La** sœur de Cédric / Mets-le **là**.*

ou (conjonction de coordination) / où (pronom relatif et interrogatif)
*Blanc **ou** noir ? / Tu habites **où** ?*

▲ Sur le « e », il indique que cette voyelle est ouverte : [ɛ].
mère [mɛʀ]
mystère [mistɛʀ]

L'ACCENT CIRCONFLEXE (^)

▲ Il se place sur toutes les voyelles sauf le « y ».

▲ Comme pour l'accent grave, il sert parfois à éviter la confusion entre certains mots :
sur (préposition) / sûr (adjectif)
*Le livre est **sur** la table. / Tu es **sûr** qu'il vient ?*

▲ Le « e » avec un accent circonflexe se prononce [ɛ].
fenêtre [fənɛtʀ]
tête [tɛt]
Quelques mots d'usages fréquents :
fête, hôtel, hôpital, tâche...

LE TRÉMA (¨)

▲ On trouve le tréma (¨) sur les voyelles « e » et « i » pour indiquer que la voyelle qui les précède doit être prononcée séparément :
canoë [kanɔe]
égoïste [egɔist]

LES ARTICLES

INDÉFINIS

	SINGULIER	PLURIEL
MASCULIN	**un** cahier	**des** cahiers
FÉMININ	**une** table	**des** tables

▸ À l'oral, devant un nom commençant par une voyelle, on fait la liaison.

u**n** arbre   u**ne** avenue   de**s** arbres
[œnarbr]   [ynavny]   [deszarbr]

DÉFINIS

	SINGULIER	PLURIEL
MASCULIN	**le** boulevard **l'**arbre	**les** boulevards / arbres
FÉMININ	**la** rue **l'**église	**les** rues / églises

▸ Devant un nom commençant par une voyelle, l'article défini singulier est toujours **l'**.

▸ Quand les prépositions **à** et **de** sont devant **le** ou **les**, elles se contractent avec lui.

à + le	▸	**au**	Tu vas souvent **au** théâtre ?
à + les	▸	**aux**	Parle **aux** enfants !
de + le	▸	**du**	Je viens **du** Québec.
de + les	▸	**des**	Où sont les livres **des** élèves ?

PARTITIFS

	SINGULIER	
MASCULIN	**du** pain	**de l'**air
FÉMININ	**de la** viande	**de l'**eau

*Vous mangez **du** poisson tous les jours ?*

Oui.

*Et **de la** viande rouge ?*

LE NOM

LE GENRE

En français, tous les noms communs ont un genre. Le genre est toujours indiqué dans le dictionnaire et, dans l'usage, marqué par l'article et l'adjectif.

La rue de la Paix est très long**ue**.

> **Rue** SUBST. FÉM.
> Voie de circulation bordée de maisons dans une agglomération.

LE NOMBRE

Le **–s** est généralement la marque du pluriel des noms.

SINGULIER	PLURIEL
un cahier	des cahier**s**
un arbre	des arbre**s**
une maison	des maison**s**
une rue	des rue**s**

Mais, il y a des exceptions : par exemple, les noms masculins terminés en **-eau** et en **-al**.

SINGULIER	PLURIEL
un tabl**eau**	des tabl**eaux**
un anim**al**	des anim**aux**

*Ces **tableaux** sont magnifiques !*

Oui, magnifiques...

cent vingt-cinq | 125

Précis de grammaire

LES ADJECTIFS QUALIFICATIFS

▸ L'adjectif qualificatif s'accorde toujours en genre et en nombre avec le nom qu'il qualifie. Le féminin se marque généralement par l'ajout d'un –**e** à la forme du masculin, sauf si le masculin est déjà terminé par un –**e**.

un homme intelligent — une femme intelligent**e**
un étudiant suiss**e** — une étudiante suiss**e**

▸ Le pluriel se marque généralement par l'ajout d'un –**s** à la forme du singulier, sauf si le singulier est déjà terminé par un –**s** ou un –**x**.

une femme intelligente — des femmes intelligente**s**
un quartier merveilleu**x** — des quartiers merveilleu**x**
un vin françai**s** — des vins françai**s**

MASCULIN PLURIEL	MASCULIN SINGULIER	FÉMININ SINGULIER
brun**s**	bru**n**	brun**e**
grand**s**	gran**d**	grand**e**
petit**s**	peti**t**	petit**e**
françai**s**	françai**s**	français**e**
bleu**s**	bleu	bleu**e**
fatigué**s**	fatigu**é**	fatigué**e**
sportif**s**	sport**if**	sport**ive**
menteur**s**	ment**eur**	ment**euse**
merveilleu**x**	merveill**eux**	merveill**euse**
italien**s**	ital**ien**	ital**ienne**
jeune**s**	jeun**e**	jeun**e**
sympathique**s**	sympathiqu**e**	sympathiqu**e**

FÉMININ PLURIEL		
brun**es**	fatigué**es**	itali**ennes**
grand**es**	sport**ives**	jeun**es**
petit**es**	ment**euses**	sympathique**s**
françai**ses**	merveill**euses**	
bleu**es**		

COMPTER DE 0 À 2000 ET AU-DELÀ

0	**zéro**	78	**soixante**-dix-huit
1	**un**	79	**soixante**-dix-neuf
2	**deux**	80	**quatre-vingts**
3	**trois**	81	**quatre-vingt**-un
4	**quatre**	82	**quatre-vingt**-deux
5	**cinq**	83	**quatre-vingt**-trois
6	**six**	84	**quatre-vingt**-quatre
7	**sept**	85	**quatre-vingt**-cinq
8	**huit**	86	**quatre-vingt**-six
9	**neuf**	87	**quatre-vingt**-sept
10	**dix**	88	**quatre-vingt**-huit
11	**onze**	89	**quatre-vingt**-neuf
12	**douze**	90	**quatre-vingt**-dix
13	**treize**	91	**quatre-vingt**-onze
14	**quatorze**	92	**quatre-vingt**-douze
15	**quinze**	93	**quatre-vingt**-treize
16	**seize**	94	**quatre-vingt**-quatorze
17	**dix-sept**	95	**quatre-vingt**-quinze
18	**dix-huit**	96	**quatre-vingt**-seize
19	**dix-neuf**	97	**quatre-vingt**-dix-sept
20	**vingt**	98	**quatre-vingt**-dix-huit
21	**vingt et un**	99	**quatre-vingt**-dix-neuf
22	**vingt-deux**	100	**cent**
23	**vingt-trois**	101	**cent** un
24	**vingt-quatre**	110	**cent** dix
25	**vingt-cinq**	200	deux **cents**
26	**vingt-six**	201	deux **cent** un
27	**vingt-sept**	etc.	
28	**vingt-huit**	1 000	**mille**
29	**vingt-neuf**	1 001	**mille** un
30	**trente**	2 000	deux **mille**
40	**quarante**	etc.	
50	**cinquante**		
60	**soixante**		
70	**soixante**-dix		
71	**soixante** et onze		
72	**soixante**-douze		
73	**soixante**-treize		
74	**soixante**-quatorze		
75	**soixante**-quinze		
76	**soixante**-seize		
77	**soixante**-dix-sept		

En Belgique :
70 : septante
80 : quatre-vingts
90 : nonante

En Suisse :
70 : septante
80 : huitante
90 : nonante

FORMATION DES NOMBRES

▸ La conjonction **et** apparaît entre les dizaines et 1 (un) ou 11 (onze).
21 : vingt **et** un   31 : trente **et** un   41 : quarante **et** un
61 : soixante **et** onze, etc., sauf 81 : quatre-vingt-un et 91 : quatre-vingt-onze.

▸ Un trait d'union (-) apparaît entre les dizaines et les unités (autres que 1 et 11).
22 : vingt-deux   29 : vingt-neuf   70 : soixante-dix, etc.

▸ les dizaines **70** et **90**, **soixante-dix** et **quatre-vingt-dix**, sont formées sur la dizaine d'avant et donc ajoutent 11, 12, 13 etc., au lieu de 1, 2, 3.

▸ 80 prend **s** final quand il n'est pas suivi.
80 : quatre-vingt**s** mais 83 : quatre-vingt-trois

LES ADJECTIFS INDÉFINIS

aucune bouteille /
pas de bouteille

quelques bouteilles /
peu de bouteilles

plusieurs bouteilles

beaucoup de bouteilles

LES ADJECTIFS INTERROGATIFS

L'adjectif interrogatif accompagne un nom avec lequel il s'accorde et sert à demander à quelqu'un de distinguer un ou plusieurs objets ou individus parmi d'autres.

SINGULIER		PLURIEL	
MASCULIN	FÉMININ	MASCULIN	FÉMININ
Quel sac ?	**Quelle** robe ?	**Quels** sacs ?	**Quelles** robes ?

- **Quel** sac tu préfères ? (= il y a plusieurs sacs)
- Le plus petit.
- Et **quelle** montre ?

- **Quels** musées de Paris tu préfères ? (= il y a plusieurs musées à Paris et on demande d'en choisir quelques uns)

LES ADJECTIFS POSSESSIFS

Un possesseur

	MASCULIN SINGULIER	FÉMININ SINGULIER	PLURIEL
1ʳᵉ PERSONNE	**mon** père	**ma** mère	**mes** parents
2ᵉ PERSONNE	**ton** père	**ta** mère	**tes** parents
3ᵉ PERSONNE	**son** père	**sa** mère	**ses** parents

Ses parents sont en voyage.
Mon père travaille dans une banque.

Plusieurs possesseurs

	MASCULIN OU FÉMININ SINGULIER	PLURIEL
1ʳᵉ PERSONNE	**notre** père / mère	**nos** parents
2ᵉ PERSONNE	**votre** père / mère	**vos** parents
3ᵉ PERSONNE	**leur** père / mère	**leurs** parents

Nos parents viennent déjeuner demain.
Mon frère s'appelle Léo.
Mon père travaille dans une banque.

*Qu'est-ce qu'ils font **tes** parents comme métier ?*

***Ma** mère est dentiste et **mon** père est policier.*

JEAN-PIERRE
1270 POINTS

Précis de grammaire

LES ADJECTIFS DÉMONSTRATIFS

SINGULIER		PLURIEL	
MASCULIN	**FÉMININ**	**MASCULIN**	**FÉMININ**
ce sac	**cette** robe	**ces** sacs	
cet anorak		**ces** robes	

- Il te plaît, **cet a**norak ?
- Oui, il n'est pas mal. **Ce** manteau est chouette aussi.

LES PRONOMS PERSONNELS

	ATONES		TONIQUES
SUJETS	**COMPLÉMENTS RÉFLÉCHIS**	**COMPLÉMENTS D'OBJET DIRECT**	
je / j'	me / m'	me / m'	moi
tu	te / t'	te / t'	toi
il / elle	se / s'	le / la / l'	lui / elle
nous	nous	nous	nous
vous	vous	vous	vous
ils / elles	se / s'	les	eux / elles

▸ En français, les pronoms sujets sont obligatoires devant le verbe.

▸ **je, te, se, le / la** deviennent **j', t', s', l'** devant une forme verbale commençant par une voyelle.
    j'adore
    il t'aide
    elle s'appelle
    je l'aime

▸ Les formes toniques des pronoms s'utilisent après une préposition.
    avec moi
    après lui
    devant eux

▸ Quand on veut mettre en relief un pronom sujet ou l'opposer à un autre, on utilise une forme tonique devant le pronom sujet.
    ***Moi**, je n'aime pas trop ce professeur, et **toi** ?*
    *Tu parles très bien l'anglais, mais **moi**, je parle très bien le russe.*

LE VERBE

Les formes verbales comprennent un radical relativement stable et une terminaison indiquant la personne. On obtient le radical en supprimant les terminaisons **-er, -ir, -oir, -re** de l'infinitif.

AIMER : AIM ➜ radical ER ➜ terminaison
aim**er**   fin**ir**   recev**oir**   prend**re**

LE PRÉSENT
▸ VERBES EN -ER

Les verbes en **-er** présentent le plus souvent un radical stable et les terminaisons suivantes.

AIMER [ɛm]	TRAVAILLER [tʀavaj]
j'aim**e** [ɛm]	je travaill**e** [tʀavaj]
tu aim**es** [ɛm]	tu travaill**es** [tʀavaj]
il / elle / on aim**e** [ɛm]	il / elle / on travaill**e** [tʀavaj]
nous aim**ons** [ɛmɔ̃]	nous travaill**ons** [tʀavajɔ̃]
vous aim**ez** [ɛme]	vous travaill**ez** [tʀavaje]
ils / elles aim**ent** [ɛm]	ils / elles travaill**ent** [tʀavaj]

Au présent, ces verbes ont une seule base phonétique qui se répète à toutes les personnes. Ainsi, quatre des six formes de ces verbes (toutes sauf les formes de **nous** et de **vous**) ont la même prononciation.

▸ VERBES À PLUSIEURS BASES

Les verbes se conjuguent avec 1, 2 ou 3 bases phonétiques.

base 1
base 2
base 3

Les verbes en **-é/er** et **e/er** présentent une modification de l'accent du radical aux personnes **je, tu, il / elle / on** et **ils / elles** ; ils ont donc deux bases.

PRÉFÉRER [pʁefɛʁ] / [pʁefeʁ]	ACHETER [aʃɛt] / [aʃət]
je **préfèr**e [pʁefɛʁ]	j'**achèt**e [aʃɛt]
tu **préfèr**es [pʁefɛʁ]	tu **achèt**es [aʃɛt]
il / elle / on **préfèr**e [pʁefɛʁ]	il / elle / on **achèt**e [aʃɛt]
nous **préfér**ons [pʁefeʁɔ̃]	nous **achet**ons [aʃətɔ̃]
vous **préfér**ez [pʁefeʁe]	vous **achet**ez [aʃəte]
ils / elles **préfèr**ent [pʁefɛʁ]	ils / elles **achèt**ent [aʃɛt]

▸ VERBES EN -IR

Les verbes en **-ir** présentent généralement deux bases phonétiques.

FINIR [fini] / [finis]	PARTIR [paʁ] / [paʁt]
je **fini**s [fini]	je **par**s [paʁ]
tu **fini**s [fini]	tu **par**s [paʁ]
il / elle / on **fini**t [fini]	il / elle / on **par**t [paʁ]
nous **finiss**ons [finisɔ̃]	nous **part**ons [paʁtɔ̃]
vous **finiss**ez [finise]	vous **part**ez [paʁte]
ils / elles **finiss**ent [finis]	ils / elles **part**ent [paʁt]

▸ VERBES EN -RE

Les verbes en **-re** présentent généralement trois bases phonétiques.

PRENDRE
[pʁɛ̃] / [pʁəne] / [pʁɛn]

je **pren**ds [pʁɑ̃]

tu **pren**ds [pʁɑ̃]

il / elle / on **pren**d [pʁɑ̃]

nous **pren**ons [pʁənɔ̃]

vous **pren**ez [pʁəne]

ils / elles **prenn**ent [pʁɛn]

BOIRE
[bwa] / [byv] / [bwav]

je **boi**s [bwa]

tu **boi**s [bwa]

il / elle / on **boi**t [bwa]

nous **buv**ons [byvɔ̃]

vous **buv**ez [byve]

ils / elles **boiv**ent [bwav]

▸ VERBES EN -OIR

Les verbes en **-oir** présentent généralement trois bases phonétiques.

DEVOIR
[dwa] / [dəv] / [dwav]

je **doi**s [dwa]

tu **doi**s [dwa]

il / elle / on **doi**t [dwa]

nous **dev**ons [dəvɔ̃]

vous **dev**ez [dəve]

ils / elles **doiv**ent [dwav]

Précis de grammaire

LE PASSÉ COMPOSÉ

Ce temps est formé par le présent des verbes **avoir** ou **être** + le participe passé du verbe.

ÉTUDIER		PARTIR	
j'**ai**		je **suis**	
tu **as**		tu **es**	parti(e)
il / elle / on **a**	étudié	il / elle / on **est**	
nous **avons**		nous **sommes**	
vous **avez**		vous **êtes**	parti(e)(s)
ils / elles **ont**		ils / elles **sont**	

SE LEVER	
je **me suis**	
tu **t'es**	levé(e)
il / elle / on **s'est**	
nous **nous sommes**	
vous **vous êtes**	levé(e)(s)
ils / elles **se sont**	

La majorité des verbes forment leur passé composé avec l'auxiliaire **avoir** ; seuls les verbes pronominaux et 15 verbes indiquant un changement de lieu ou d'état construisent leur passé composé avec l'auxiliaire **être**.

aller	venir	rester	arriver	partir
apparaître	entrer	sortir	naître	monter
descendre	mourir	tomber	retourner	revenir

*Vous **avez** déjà **été** à Paris ?*
Non, c'est ma première fois.

LE PARTICIPE PASSÉ

Verbes en **-er** : → **-é**	étudi**é**, aim**é**, dans**é**, préfér**é**, lav**é**, prépar**é**, déjeun**é**, cuisin**é**…
Verbes en **-ir** : → **-i**	fin**i**, ment**i**, sort**i**, dorm**i**
Autres : **-u**	reç**u**, l**u**, ten**u**, cr**u**, d**û**, p**u**, s**u**, ten**u**, v**u**, voul**u**…
-is	pr**is**, m**is**…
-it	fa**it**, d**it**, écr**it**…
etc.	

L'ACCORD DU PARTICIPE PASSÉ

En règle générale, les participes passés accompagnés de l'auxiliaire **avoir** restent invariables ; les participes passés accompagnés de l'auxiliaire **être** s'accordent en genre et en nombre avec le sujet.

- *Marie a regardé la télé, mais Martine et Madeleine ont lu un peu et ont joué.*

- *Martine est mont**ée** au deuxième étage à 19h00, Martine et Madeleine sont rest**ées** en bas, puis, toutes les trois se sont couch**ées** à 20h00.*

LE FUTUR PROCHE
ALLER + INFINITIF

La forme verbale **aller + infinitif** sert à exprimer des intentions et des actions futures.

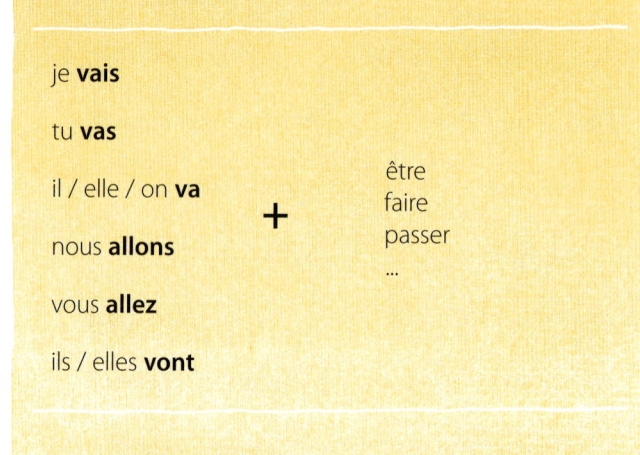

je **vais**	
tu **vas**	
il / elle / on **va**	+ être
nous **allons**	faire
vous **allez**	passer
ils / elles **vont**	…

- *Qu'est-ce que tu **vas faire** cet été ?*
- *Je **vais rester** en ville, je n'ai pas de vacances.*

LA NÉGATION

▸ En français, la négation des verbes est exprimée par deux particules.

ne... pas   **ne... jamais**   **ne... rien**   **ne... plus**

▸ Dans les temps simples, ces deux mots se placent autour du verbe.

Je **ne** mange **pas** de légumes.
Tu **ne** viens **jamais** avec nous à la plage.
Il **ne** voyage **plus** en avion, il a peur.

▸ Dans les temps composés, ces deux mots se placent autour de l'auxiliaire.

Aujourd'hui, je **n'ai pas** mangé de légumes.
Tu **n'es jamais** venu avec nous à la plage.
Après ses 70 ans, il **n'a plus** voyagé en Europe.

LA LOCALISATION

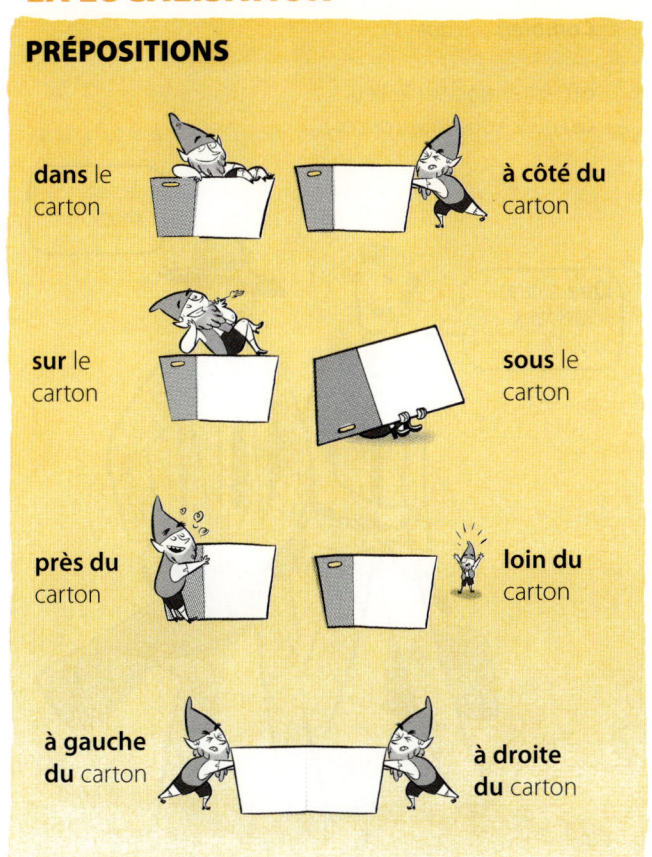

PRÉPOSITIONS

dans le carton

à côté du carton

sur le carton

sous le carton

près du carton

loin du carton

à gauche du carton

à droite du carton

ADVERBES

DE FRÉQUENCE

jamais
Je ne vais **jamais** au théâtre.
parfois
Je vais **parfois** au cinéma.
de temps en temps
Je vais **de temps en temps** à la salle de sport.
souvent
Je vais **souvent** courir.
toujours
Je vais **toujours** manger dans ce restaurant.

D'INTENSITÉ

trop
Marcel est **trop** timide.
très
Il est **très** gentil.
assez
Ce gâteau est **assez** cuit.
plutôt
Je le trouve **plutôt** froid.
un peu
Ce potage est **un peu** fade.
peu
Il regarde **peu** la télévision.

DE QUANTITÉ

trop (de)
Ce matin, il a mangé **trop de** sucreries.
beaucoup (de)
Elle a mangé **beaucoup de** chocolat.
assez (de)
Il y a **assez de** sel dans cette soupe.
un peu (de)
Nous avons aussi **un peu de** fromage.
peu (de)
Cet enfant mange **peu** de viande.
rien
Ce matin, il n'a **rien** mangé.

Précis de grammaire

LA PHRASE INTERROGATIVE

L'INTERROGATION TOTALE

Pour poser une question totale, à laquelle on répond par **oui** ou **non** on peut :

- utiliser seulement l'intonation montante ; c'est la forme préférée du registre standard ou familier (oral conversationnel et écrits non formels –courriels, B.D. etc–).

  Tu parles français ?

- utiliser la formule typique de l'interrogation, **est-ce que**, avec l'intonation montante.

  Est-ce que tu parles français ?

- utiliser l'inversion verbe-sujet avec intonation montante ; c'est la forme préférée du registre soutenu (écrit et oral formels).

  Parlez-vous français ?

L'INTERROGATION PARTIELLE

Pour poser une question partielle, à laquelle on répond par une information de temps, de lieu, de cause, etc., on peut :

- utiliser seulement un mot interrogatif.
  pourquoi
  quand
  où
  etc.,

  Les mots interrogatifs sont placés en début ou en fin de phrase avec une intonation montante. C'est la forme préférée du registre familier.

  Où tu vas ?
  Tu vas où ?

- utiliser un mot interrogatif avec **est-ce que** :

  Où est-ce que tu vas ?
  Quand est-ce que tu arrives ?
  Pourquoi est-ce qu'il ne vient pas ?

- utiliser un mot interrogatif et l'inversion verbe-sujet. C'est la forme préférée du registre soutenu (écrit et oral formels).

  Où vas-tu ?
  Quand arrives-tu ?
  Pourquoi ne viens-tu pas ?

- Les mots interrogatifs peuvent être :

  qui : interroge sur l'agent de l'action.
  Qui a volé l'orange ?

  que : interroge sur l'objet de l'action.
  Que veux-tu faire ?

  comment : interroge sur la manière.
  Comment as-tu voyagé ?

  quand : interroge sur le moment de l'action.
  Quand es-tu parti ?

  pourquoi : interroge sur la cause de l'action.
  Pourquoi es-tu parti ?

  combien : interroge sur la quantité, le prix.
  Combien ça coûte ?

  où : interroge sur le lieu.
  Où allez-vous en vacances ?

Que faites-vous dans la vie ?

Je suis musicien.

GRAMMAIRE DE LA COMMUNICATION

DEMANDER ET DONNER DES RENSEIGNEMENTS

Pour demander :		Pour donner :
Le nom	Comment vous appelez-vous ?	(**Je m'appelle**) Laura Agni.
La nationalité	Quelle est votre nationalité ?	Italienne.
La profession	Quelle est votre profession ? Que faites-vous dans la vie ?	(**Je suis**) étudiante. **Je travaille dans** la mode.
L'adresse	Quelle est votre adresse ?	(**Mon adresse est**) 9 rue de la Fontaine.
Le numéro de téléphone	Quel est votre numéro de téléphone ?	(**Mon numéro de téléphone est le**)…
L'adresse électronique	Quelle est votre adresse électronique ?	(**Mon adresse électronique est**) agni@version.vo.
L'âge	Quel âge avez-vous ?	(**J'ai**) 18 ans.

PARLER DU CARACTÈRE ET DE LA PREMIÈRE IMPRESSION

Être + adjectif

- Elle **est sympa**, ta prof de français ?
- Oui, elle **est très sympa**, mais **très sérieuse**, aussi.

Avoir l'air + adjectif

- Il **a l'air intelligent**, ton nouveau camarade de classe…
- Oui, il **est très intelligent**.

PARLER DES GOÛTS

J'**adore** le jardinage.
J'**aime beaucoup** la musique française.
J'**aime bien** le bricolage.
Je **n'aime pas trop** le cinéma européen.
Je **n'aime pas** la cuisine moderne.
Je **n'aime pas du tout** le foot.
Je **déteste** les grandes villes.

- *Toi,* **tu aimes** *le rugby, Manu ?*
- *Oui,* **j'adore***. Et toi ?*
- *Pas trop…*

INFORMER SUR LA DISTANCE ET LA SITUATION

- Le parc **est loin d'ici** ?
- Il **est à** 20 **minutes** (*d'ici*) (*en métro, en bus, en train, en voiture, à pied*). 200 **mètres, kilomètres…** (*d'ici*).

- C'est loin d'ici ?
- Non, non, **c'est** (tout, assez) **près**.

- **Il est où,** mon portable ?
- **Ici / là ; là-bas.**

- **Où se trouve** l'école ?
- **Dans** la rue du Temple / **dans** l'avenue de la Paix, **sur** le boulevard de la Mer / **sur** la place Castellane, **au coin de** la rue Gambetta.

Tu es où ? Je ne te vois pas.

Je suis là !

Précis de grammaire

(S')INFORMER SUR L'HEURE, LE MOMENT, LA FRÉQUENCE

Quelle heure est-il ? Excusez-moi, **avez-vous** l'heure ?	**Il est** cinq heures trente.
À quelle heure commence le cours ?	**À** huit heures et quart.
Quel jour (de la semaine) sommes-nous ?	Mercredi.
Le combien sommes-nous ?	**Le** 15 octobre.
Quand arrives-tu ?	**Le** 3 novembre, à deux heures.
	J'arrive mardi, **vers** une heure.
Combien de fois par jour / semaine / mois / an…	Une, deux, … **fois par** jour / semaine / mois / an.
	Tous les jeudis / soirs / …
	Le jeudi, le soir…
	Jamais / parfois / de temps en temps / souvent / toujours

EXPRIMER L'HEURE

deux heures dix
quatorze heures dix

deux heures vingt-cinq
quatorze heures vingt-cinq

deux heures quarante
quatorze heures quarante
ou trois heures moins vingt

deux heures cinquante
quatorze heures cinquante
ou trois heures moins dix

deux heures **et quart**
deux heures quinze ou
quatorze heures quinze

deux heures **et demie**
deux heures trente ou
quatorze heures trente

deux heures **moins le quart**
une heure quarante-cinq ou
treize heures quarante-cinq

douze heures,
midi, minuit

DÉTERMINATION DU TEMPS

La journée
le matin
le midi
l'après-midi
le soir
la nuit

Le matin je me lève à 7h.
Le samedi **soir**, je sors avec mes amis.

La semaine
lundi
mardi
mercredi
jeudi
vendredi
samedi ┐
dimanche ┘ le week-end

Le samedi, je me couche assez tard.

Les mois de l'année	juillet
janvier	août
février	septembre
mars	octobre
avril	novembre
mai	décembre
juin	

Je pars en vacances **en juillet**.
J'ai visité les États-Unis **en décembre** 2006.

Les saisons
le printemps
l'été
l'automne
l'hiver

Au printemps, il fait beau.
En été, il fait chaud.
En automne, il pleut.
En hiver, il fait froid.

EXPRESSION DE LA RESSEMBLANCE OU DE LA DIFFÉRENCE

Phrase affirmative *J'aime ça.*	Ressemblance **Moi aussi.**
	Différence **Pas moi.**
Phrase négative *Je n'aime pas ça.*	Ressemblance **Moi non plus.**
	Différence **Moi si.**

LES MARQUEURS TEMPORELS DU PASSÉ

En 1984, …
À 18 ans, …
Depuis le XIXe siècle / juin / 1999, …
De 2006 à 2009, ..
Pendant les vacances, …
Dans les années 40, …
Hier, avant-hier, …
La semaine dernière, le mois dernier, …

*Je me suis couché trop tard **hier soir**…*

FAIRE DES COURSES

	Le vendeur	Le client
Accueillir	**Bonjour. Vous désirez ? Et pour vous ?**	**Bonjour.**
Pour demander un produit		**Je cherche… Je voudrais… Vous avez… ?**
Pour informer sur le produit	**Nous avons… Voici…**	
Pour demander un prix		**C'est combien ? Combien coûte… ?**
Pour demander des informations sur le produit	**En quelle taille ? En quelle pointure ?**	

POUR IDENTIFIER ET CARACTÉRISER

Pour identifier :

C'est	+ nom propre	*C'est Laura.*
	+ déterminant et nom	*C'est un acteur. C'est le professeur.*

Pour caractériser :

Il / elle est	+ adjectif	*Il / elle est belge.*
	+ nom (sans déterminant)	*Il / elle est professeur(e).*

Tableaux de conjugaison

Les participes passés figurent entre parenthèses sous l'infinitif.
L'astérisque * à côté de l'infinitif indique que ce verbe se conjugue avec l'auxiliaire ÊTRE.

VERBES AUXILIAIRES

	présent	passé composé	
AVOIR (eu)	j'ai tu as il / elle / on a nous avons vous avez ils / elles ont	j'ai eu tu as eu il / elle / on a eu nous avons eu vous avez eu ils / elles ont eu	• **Avoir** indique la possession. C'est aussi le principal verbe auxiliaire aux temps composés : j'ai parlé, j'ai été, j'ai fait…
ÊTRE (été)	je suis tu es il / elle / on est nous sommes vous êtes ils / elles sont	j'ai été tu as été il / elle / on a été nous avons été vous avez été ils / elles ont été	• **Être** est aussi le verbe auxiliaire aux temps composés de tous les verbes pronominaux : se lever, se taire, etc. et de certains autres verbes : venir, arriver, partir, etc.

VERBES SEMI-AUXILIAIRES

	présent	passé composé	
ALLER* (allé)	je vais tu vas il / elle / on va nous allons vous allez ils / elles vont	je suis allé(e) tu es allé(e) il / elle / on est allé(e) nous sommes allé(e)s vous êtes allé(e)(s) ils / elles sont allé(e)s	• Dans sa fonction de semi-auxiliaire, **aller** + infinitif permet d'exprimer un futur proche.
VENIR* (venu)	je viens tu viens il / elle / on vient nous venons vous venez ils / elles viennent	je suis venu(e) tu es venu(e) il / elle / on est venu(e) nous sommes venu(e)s vous êtes venu(e)(s) ils / elles sont venu(e)s	• Dans sa fonction de semi-auxiliaire, **venir de** + infinitif permet d'exprimer un passé récent.

VERBES PRONOMINAUX (OU RÉFLEXIFS)

	présent	passé composé	
S'APPELER* (appelé)	je m'appelle tu t'appelles il / elle / on s'appelle nous nous appelons vous vous appelez ils / elles s'appellent	je me suis appelé(e) tu t'es appelé(e) il / elle / on s'est appelé(e) nous nous sommes appelé(e)s vous vous êtes appelé(e)(s) ils / elles se sont appelé(e)s	• La plupart des verbes en **-eler** doublent leur **l** aux mêmes personnes et aux mêmes temps que le verbe **s'appeler**.
SE LEVER* (levé)	je me lève tu te lèves il / elle / on se lève nous nous levons vous vous levez ils / elles se lèvent	je me suis levé(e) tu t'es levé(e) il / elle / on s'est levé(e) nous nous sommes levé(e)s vous vous êtes levé(e)(s) ils / elles se sont levé(e)s	
SE COUCHER* (couché)	je me couche tu te couches il / elle / on se couche nous nous couchons vous vous couchez ils / elles se couchent	je me suis couché(e) tu t'es couché(e) il / elle / on s'est couché(e) nous nous sommes couché(e)s vous vous êtes couché(e)(s) ils / elles se sont couché(e)s	

VERBES IMPERSONNELS

Ces verbes ne se conjuguent qu'à la troisième personne du singulier avec le pronom sujet *il*.

	présent	passé composé	
FALLOIR (fallu)	il faut	il a fallu	
PLEUVOIR (plu)	il pleut	il a plu	• La plupart des verbes qui se réfèrent aux phénomènes météorologiques sont impersonnels : il neige, il vente…

VERBES EN -ER (PREMIER GROUPE)

	présent	passé composé	
PARLER (parlé)	je parle tu parles il / elle / on parle nous parlons vous parlez ils / elles parlent	j'ai parlé tu as parlé il / elle / on a parlé nous avons parlé vous avez parlé ils / elles ont parlé	• Les trois personnes du singulier et la 3e personne du pluriel se prononcent [parl] au présent de l'indicatif. Cette règle s'applique à tous les verbes en **-er**. **Aller** est le seul verbe en **-er** qui ne suit pas ce modèle.

Tableaux de conjugaison

FORMES PARTICULIÈRES DE CERTAINS VERBES EN –ER

	présent	passé composé	
ACHETER (acheté)	j'achète tu achètes il / elle / on achète nous achetons vous achetez ils / elles achètent	j'ai acheté tu as acheté il / elle / on a acheté nous avons acheté vous avez acheté ils / elles ont acheté	• Les trois personnes du singulier et la 3ᵉ personne du pluriel portent un accent grave sur le **è** et se prononcent [ɛ]. La 1ʳᵉ et la 2ᵉ du pluriel sont sans accent et se prononcent [ø].
APPELER (appelé)	j'appelle tu appelles il / elle / on appelle nous appelons vous appelez ils / elles appellent	j'ai appelé tu as appelé il / elle / on a appelé nous avons appelé vous avez appelé ils / elles ont appelé	• La plupart des verbes en **-eler** doublent leur **l** aux mêmes personnes et aux mêmes temps que le verbe **appeler**.
COMMENCER (commencé)	je commence tu commences il / elle / on commence nous commençons vous commencez ils / elles commencent	j'ai commencé tu as commencé il / elle / on a commencé nous avons commencé vous avez commencé ils / elles ont commencé	• Le **c** de tous les verbes en **-cer** devient **ç** devant **a** et **o** pour maintenir la prononciation [s].
MANGER (mangé)	je mange tu manges il / elle / on mange nous mangeons vous mangez ils / elles mangent	j'ai mangé tu as mangé il / elle / on a mangé nous avons mangé vous avez mangé ils / elles ont mangé	• Devant **a** et **o**, on place un **e** pour maintenir la prononciation [ʒ] dans tous les verbes en **-ger**.
PRÉFÉRER (préféré)	je préfère tu préfères il / elle / on préfère nous préférons vous préférez ils / elles préfèrent	j'ai préféré tu as préféré il / elle / on a préféré nous avons préféré vous avez préféré ils / elles ont préféré	• Pour les trois personnes du singulier et la 3ᵉ personne du pluriel, le **e** se prononce [–e–ɛ–] ; la 1ʳᵉ et la 2ᵉ du pluriel [–e–e–].

AUTRES VERBES

Ces verbes sont rassemblés par familles de conjugaison en fonction des bases phonétiques et non en fonction de leurs groupes (deuxième et troisième).

2 bases

	présent	passé composé	
CROIRE (cru)	je crois	j'ai cru	
	tu crois	tu as cru	
	il / elle / on croit	il / elle / on a cru	
	nous croyons	nous avons cru	
	vous croyez	vous avez cru	
	ils / elles croient	ils / elles ont cru	
VOIR (vu)	je vois	j'ai vu	
	tu vois	tu as vu	
	il / elle / on voit	il / elle / on a vu	
	nous voyons	nous avons vu	
	vous voyez	vous avez vu	
	ils / elles voient	ils / elles ont vu	
CHOISIR (choisi)	je choisis	j'ai choisi	• Les verbes **finir**, **grandir**, **maigrir**... se conjuguent sur ce modèle. Dans l'approche classique, ils sont appelés verbes du 2ᵉ groupe.
	tu choisis	tu as choisi	
	il / elle / on choisit	il / elle / on a choisi	
	nous choisissons	nous avons choisi	
	vous choisissez	vous avez choisi	
	ils / elles choisissent	ils / elles ont choisi	
CONNAÎTRE (connu)	je connais	j'ai connu	• Tous les verbes en **-aître** se conjuguent sur ce modèle.
	tu connais	tu as connu	
	il / elle / on connaît	il / elle / on a connu	
	nous connaissons	nous avons connu	
	vous connaissez	vous avez connu	
	ils / elles connaissent	ils / elles ont connu	
DIRE (dit)	je dis	j'ai dit	
	tu dis	tu as dit	
	il / elle / on dit	il / elle / on a dit	
	nous disons	nous avons dit	
	vous dites	vous avez dit	
	ils / elles disent	ils / elles ont dit	

Tableaux de conjugaison

	présent	passé composé	
ÉCRIRE (écrit)	j'écris	j'ai écrit	
	tu écris	tu as écrit	
	il / elle / on écrit	il / elle / on a écrit	
	nous écrivons	nous avons écrit	
	vous écrivez	vous avez écrit	
	ils / elles écrivent	ils / elles ont écrit	
FAIRE (fait)	je fais	j'ai fait	• La forme **-ai** dans **nous faisons** se prononce [ɛ].
	tu fais	tu as fait	
	il / elle / on fait	il / elle / on a fait	
	nous faisons	nous avons fait	
	vous faites	vous avez fait	
	ils / elles font	ils / elles ont fait	
LIRE (lu)	je lis	j'ai lu	
	tu lis	tu as lu	
	il / elle / on lit	il / elle / on a lu	
	nous lisons	nous avons lu	
	vous lisez	vous avez lu	
	ils / elles lisent	ils / elles ont lu	
PARTIR* (parti)	je pars	je suis parti(e)	• Le verbe **sortir** se conjugue sur ce modèle. Attention au verbe auxiliaire : **sortir** + COD = J'ai sorti mon livre de mon sac à dos.
	tu pars	tu es parti(e)	
	il / elle / on part	il / elle / on est parti(e)	
	nous partons	nous sommes parti(e)s	
	vous partez	vous êtes parti(e)(s)	
	ils / elles partent	ils / elles sont parti(e)	
SAVOIR (su)	je sais	j'ai su	
	tu sais	tu as su	
	il / elle / on sait	il / elle / on a su	
	nous savons	nous avons su	
	vous savez	vous avez su	
	ils / elles savent	ils / elles ont su	
VIVRE (vécu)	je vis	j'ai vécu	
	tu vis	tu as vécu	
	il / elle / on vit	il / elle / on a vécu	
	nous vivons	nous avons vécu	
	vous vivez	vous avez vécu	
	ils / elles vivent	ils / elles ont vécu	

3 bases

	présent	passé composé	
BOIRE (bu)	je bois	j'ai bu	
	tu bois	tu as bu	
	il / elle / on boit	il / elle / on a bu	
	nous buvons	nous avons bu	
	vous buvez	vous avez bu	
	ils / elles boivent	ils / elles ont bu	
DEVOIR (dû)	je dois	j'ai dû	
	tu dois	tu as dû	
	il / elle / on doit	il / elle / on a dû	
	nous devons	nous avons dû	
	vous devez	vous avez dû	
	ils / elles doivent	ils / elles ont dû	
POUVOIR (pu)	je peux	j'ai pu	• *Dans les questions avec inversion verbe-sujet, on utilise la forme ancienne de la 1ʳᵉ personne du singulier :* **Puis**-*je vous renseigner ?*
	tu peux	tu as pu	
	il / elle / on peut	il / elle / on a pu	
	nous pouvons	nous avons pu	
	vous pouvez	vous avez pu	
	ils / elles peuvent	ils / elles ont pu	
PRENDRE (pris)	je prends	j'ai pris	
	tu prends	tu as pris	
	il / elle / on prend	il / elle / on a pris	
	nous prenons	nous avons pris	
	vous prenez	vous avez pris	
	ils / elles prennent	ils / elles ont pris	
VOULOIR (voulu)	je veux	j'ai voulu	
	tu veux	tu as voulu	
	il / elle / on veut	il / elle / on a voulu	
	nous voulons	nous avons voulu	
	vous voulez	vous avez voulu	
	ils / elles veulent	ils / elles ont voulu	

Transcriptions des enregistrements et du DVD

TRANSCRIPTIONS DES ENREGISTREMENTS

UNITÉ 1

Piste 1 – 4A
- Ah bonjour !
- Bonjour.
- Vous êtes, vous êtes Philippe, non ?
- Oui, Philippe, Philippe Bonnino.
- Ah oui, d'accord. Et ben moi, c'est Monique, Monique Sentier.
- Ah ! Monique Santier ? Santier avec un A, c'est ça ?
- Non, non, non, non, non, avec un E : S-E-N-T-I-E-R.
- Bonjour !
- Bonjour !
- Bonjour.
- Moi, c'est Séverine.
- Ah ! Séverine, quel joli prénom !
- Merci. Et vous ?
- Ben, moi c'est Monique.
- Et moi, c'est Philippe, Philippe Bonnino.
- Bonnino ! Ça s'écrit comment ça ?
- Bien Bonnino ! B-O-N-N-I-N-O.
- Alors moi, c'est Séverine Roussaud, R-O-U-S-S-A-U-D.
- Ah bon ! A-U-D.
- A-U-D. En effet. Et voilà mon copain, Stéphane.
- Enchantée.
- Bonjour !
- Salut ! Moi, c'est Stéphane, Stéphane Lenoir.
- Lenoir en un mot, hein ! L-E-N-O-I-R.
- Ah d'accord !
- D'accord.
- Enchantée Stéphane.
- Enchanté.

Piste 2 – 5A
Un, deux, trois, quatre, cinq, six, sept, huit, neuf, dix, onze, douze, treize, quatorze, quinze, seize, dix-sept, dix-huit, dix-neuf, vingt.

Piste 3 – 5B
– Bonsoir, pouvez-vous me donner la clé de la chambre de Monsieur Pages, la chambre 12 s'il vous plaît.
– Bonjour ! Je suis Monsieur Boulet et j'occupe la chambre 3. Vous me donnez ma clé ?
– Bonjour, je suis Monsieur Legrand. La clé de la chambre 6, je vous prie.
– Bonsoir ! Vous me donnez la clé de la 10, s'il vous plaît : je suis Mademoiselle Filbas.
– Bonsoir, la clé des Dumas, s'il vous plaît, la 9.
– Bonjour ! Vous allez bien ? Je suis à la chambre 2 : Madame Lopez. Je peux avoir ma clé, s'il vous plaît ?
– Bonsoir, je crois que j'ai la chambre 7… Madame Roland ; oui, c'est ça, la 7.
– Bonsoir, la clé numéro 4 c'est pour moi… Je crois !

Piste 4 – 8A
classe – page – table
douze – vous – bonjour
tableau – château – eau
croissant – trois – bonsoir
s'il vous plaît – français

Piste 5 – 12
1. une classe
2. un parc
3. un tramway
4. une revue
5. une gare

UNITÉ 2

Piste 6 – 4B
Réceptionniste :
- Alors, tu as la liste du nouveau groupe ?

Guide :
- Oui, oui… alors… attends, dans l'ordre alphabétique :
Blanc, Vincent ; il travaille dans l'informatique.
Puis Durand, Philippe ; il est dans les affaires.
Garnier, Loïc ; il est étudiant en archéologie.
Puis Magne, Régis ; il est dans l'enseignement.
Royer Laurent ; il travaille dans la construction.
Saugnier, Léo ; il est dans l'audiovisuel.
Et enfin Solers, Cathy ; elle travaille dans la mode.

Piste 7 – 5A
Claude, c'est une actrice suisse.
Michel est un acteur français.
Frédérique est une jeune étudiante en informatique.
Danièle, c'est une Québécoise de ma classe.
Dominique est professeur de français.
Pascale est guide touristique.

Piste 8 – 6A
Vingt-neuf, trente et un, trente-six, quarante-cinq, cinquante et un, cinquante-huit, soixante-cinq, soixante-dix, soixante-quatorze, quatre-vingt-un, quatre-vingt-trois, quatre-vingt-dix, quatre-vingt-quatorze.

Piste 9 – 6C
1.
Alors, le numéro de Maman… C'est le 06 84 63 72 47… Voilà !

2.
- Jacques ! Le numéro du Samu ?
- C'est le 15.
- Et le numéro des pompiers ?
- Le 18.

3.
- Bon… alors… le livre de Jérôme, il coûte combien ?
- Euh… 45… 50 euros… ? Non ! 64 euros !!!

- Eh ben, dis donc !!!

4.
- Sophie ! Quel est ton numéro de compte bancaire ?
- Euh ! Alors… C'est le 0934 9883 7830 4753 6632.
- Attends, attends, je note : euh… 0934 9883 7830 4753 et… ?
- 6632.
- Ok merci, c'est noté !

5.
Alors le mail de Léa… euh… ha oui : Lea13@version.vo

Piste 10 – 7A

1.
- Bonjour Madame !
- Bonjour !
- C'est pour m'inscrire pour le cours de 18h.
- Oui, dites-moi votre nom.
- Je m'appelle Thérèse Rapon.
- Rapon ; R-A-P-O-N ?
- Oui et mon prénom, c'est Thérèse.
- D'accord… Thérèse… et votre nationalité ?
- Je suis suisse.
- D'accord. Et votre âge ?
- 56 ans.
- Un numéro de téléphone ?
- Oui, c'est le 06 87 38 29 30.
- Et enfin une adresse électronique ?
- Non, je n'en ai pas.
- Bon, ce n'est pas grave, voilà, vous êtes inscrite. Ce sera tout. Merci.
- Merci. Au revoir.

2.
- Bonjour !
- Bonjour !
- C'est pour une inscription ?
- Oui, c'est ça.
- Quel est ton nom ?
- Sanvicens.
- Sanvicens ?
- Oui, S-A-N-V-I-C-E-N-S.
- Sanvicens, ok ! Et… dis-moi ton prénom.
- Thomas.
- Thomas… Quel âge as-tu ?
- 17 ans.
- Tu es étudiant ?
- Oui. Étudiant.
- Et tu as un numéro de téléphone ?
- Oui, c'est le 06 83 46 28 38.
- Une adresse électronique ?
- tomy@version.vo
- Alors, on a dit tomy, T-O-M-Y ? @version.vo ?
- Oui, c'est ça.
- Très bien. Merci… Ah non, j'ai oublié… euh… de quelle nationalité es-tu ?

- Je suis français.
- D'accord. Cette fois-ci, c'est bon. Merci. Au revoir.
- Au revoir.

3.
- Bonjour !
- Bonjour, euh… c'est pour le cours de dix-huit heures.
- D'accord, on va remplir une fiche d'inscription. Quel est votre nom de famille ?
- N'Diouf.
- Vous pouvez l'épeler, s'il vous plaît ?
- Oui, bien sûr, N' D-I-O-U-F.
- N'Diouf ; ok, et votre prénom ?
- Séréna.
- Séréna, de quelle nationalité êtes-vous ?
- Je suis française.
- Française. Votre âge ?
- Euh… 39 ans.
- 39 ans. Un téléphone ?
- Euh… oui. Alors c'est le 06 12 53 24 22.
- D'accord. Et une adresse électronique ?
- Oui. Alors c'est, serena.2000@version.vo.
- .vo. Et quelle est votre profession ?
- Je suis professeure au collège.
- Bon, ben, ça ira comme ça. Merci madame. Au revoir.
- Au revoir !

Piste 11 – 8B

Alors on commence à jouer, vous êtes prêts, c'est parti !
92
6
14
44
27
5
11
26
60
83
37

Piste 12 – 9A

- Alors Séverine, ce cours de marketing ? Comment ça se passe ?
- Vraiment très bien. J'suis très contente.
- Oui, et le groupe est sympa ?
- Ouais sympa ! En fait, on est un petit groupe, on est onze et puis euh… il y a plusieurs nationalités. Alors il y a David qui est anglais et on a même deux Japonaises.
- Deux Japonaises !
- Oui, Keiko et Hanaé.
- Et euh… vous avez euh… tous le même âge à peu près ?
- Oui, plus ou moins. Il y a Alice qui a 25 ans comme moi. Et il y a aussi Antonio, alors lui il est un p'tit peu plus âgé, il a environ 35 ans. Et, euh… il travaille dans la mode.
- Ah ! Dans la mode. C'est intéressant.

Transcriptions des enregistrements et du DVD

UNITÉ 3

Piste 13 – 3B
● Où tu habites, toi, Jean-Pierre ?
○ Moi ? J'habite dans le Sud de Marseille.
● Ah bon ! C'est super, près de la plage, alors ?
○ Oui ; il y a même plusieurs plages.
● Oui je sais… : t'habites près du port ?
○ Non, pas vraiment, moi je suis plutôt à côté du palais de justice.
● Ah d'accord. Eh bien, dis donc, c'est bien chic comme endroit, c'est un quartier génial, non ?
○ Oui, c'est un quartier super agréable et très vivant ; et juste à côté de chez moi y'a un super cinéma et un marché énorme. Et pour aller au centre, il y a un métro tout près. Tu sais, c'est près de la place Castellane…

Piste 14 – 4C
1. Les boulevards
2. Le marché
3. Le métro
4. Les quartiers
5. Les musées

Piste 15 – 7A
Il y a un arrêt de bus dans la rue ?
Sur la place, il y a une fontaine.
Il n'y a pas de parc dans le quartier ?
Dans le centre, il n'y a pas de rues piétonnes.
Le quartier est près de la plage.
C'est un quartier tranquille ?

Piste 16 – 9B
● Alors, toi, Stéphane, tu habites à Paris ? Il paraît que c'est super Paris ? J'connais pas, moi !
◆ Ouais, moi, j'adore Paris. Il y a de tout dans cette ville. C'est vraiment super. C'est une ville moderne, avec des, des gratte-ciel dans le quartier des… des affaires à la Défense. Mais aussi une ville avec beaucoup de parcs et même des vignes dans le quartier de Montmartre.
● Arrête ! Des vignes à Paris ?
◆ Je te jure. On fait même du vin dans cette ville.
● Ah ! Ben ça alors, c'est vraiment incroyable, hein !
◆ Et, en été, pour les gens qui ne peuvent pas partir en vacances, on a une plage : Paris plage, c'est à côté de la Seine.
● Écoute, je crois que tu vas finir par me dire qu'en hiver, vous avez aussi des pistes de ski.
◆ Non, non. Des pistes de ski, ça non, pas encore. On n'a pas encore de pistes de ski. Mais, tu sais Paris, c'est surprenant. On a même une pyramide !
● Une… une pyramide ?
◆ Ben ouais, la pyramide du musée du Louvre.
● Ah ! Oui. Évidemment, ça d'accord. Mais, mais attends… à Paris vous n'avez sûrement pas de… de… de Manneken Pis tiens, comme chez moi.
◆ Ah ça non ! Ça non, il n'y a pas de Manneken Pis à Paris, ça c'est typiquement belge.
● C'est vrai. C'est même typiquement bruxellois. Mais tu vois, y'a pas tout à Paris.
◆ Ah ! Bien sûr que non ! Mais presque tout !

UNITÉ 4

Piste 17 – 3B
1. Salut ! Je me présente : pour être content, je dois nager, skier, parcourir le monde à vélo… alors si vous aimez le sport et les voyages, écrivez-moi… nous partirons ensemble !

2. Bonjour ! Aimez-vous écouter ? Écouter les langues du monde ? Écouter les chansons de tous les pays ? Écouter les musiques du monde ? Alors vous êtes comme moi : une grande oreille qui adore toutes les musiques. Écrivez-moi !

3. Salut ! Moi, j'aime tout et tout le monde ; vous êtes sportif, je vous aime ! Vous êtes artiste, je vous aime ! Vous êtes un grand lecteur, je vous aime ! Vous aimez la fête, je vous aime !… Donc écrivez-moi tous…

Piste 18 – 5D
j'aime
tu aimes
il aime
nous aimons
vous aimez
ils aiment

Piste 19 – 8A
○ Bon ben… Comme on sort pas ce soir, on pourrait peut-être faire quelque chose quand même.
● Ben… On pourrait peut-être jouer à un jeu ?
□ Moi j'en connais un super amusant.
● Ah !
□ En fait, tu penses à une personne célèbre et les autres te posent des questions pour deviner à qui tu penses.
◆ Ah ! Mais je connais ce jeu, c'est le jeu des devinettes.
□ Voilà, le jeu des devinettes.
◆ Humm…
● Bon !
□ Euh, j'commence si vous voulez ?
● D'accord, d'accord.
□ Donc, ça y est, j'ai une personne.
○ Alors… c'est un homme ou une femme ?
□ Une femme.
● Âgée ?
□ Non ! Elle est plus très jeune, mais bon elle est pas âgée non plus.
◆ Elle est de quelle nationalité ?
□ Elle est américaine.
○ Hum… et… c'est une actrice ?
□ Non, c'est une chanteuse.
◆ Ah ! Je sais.
□ Alors, vas-y essaie !

- ◆ Madonna.
- ◻ Ouais, c'est ça.
- ● Hummm…
- ◻ Alors, en fait, celui qui a trouvé fait deviner les autres maintenant.
- ◆ Hum, hum…
- ● Bon.
- ◻ Tu as quelqu'un ?
- ◆ Oui.
- ○ Alors, c'est un homme ou une femme ?
- ◆ C'est un homme.
- ● Français ?
- ◆ Très français.
- ○ Hum, hum… et c'est un… personnage réel ?
- ◆ Non, c'est un personnage de fiction.
- ◻ Ah d'accord. D'un livre ou d'une BD ?
- ◆ Une bande dessinée.
- ○ Une bande dessinée. Ah, je sais qui c'est ! C'est Astérix.
- ◆ Ouais, très bien.
- ◻ Oh ! Phil t'es trop fort. Bon, allez, vas-y, c'est à toi.
- ○ D'accord. Bon ben, c'est bon, je l'ai.
- ◻ Alors si c'est Phil, j'suis sûre que c'est une femme.
- ○ Hum ! Oui, oui. C'est, c'est une femme.
- ◆ Elle est jolie ?
- ○ Oh oui ! Elle est… c'est une jolie fille.
- ● Très jolie fille ?
- ○ Oui et célèbre !
- ◻ Ah ouais ! Elle est actrice ou chanteuse ?
- ○ C'est une actrice. Une actrice qui est connue dans le monde entier.
- ● Elle a joué dans un film… francophone ?
- ○ Hum… oui. Un film qui se passe à Montmartre.
- ● Attends ! Je sais. Qui… se passe à Montmartre, euh… *Amélie Poulain*, euh… Audrey Tautou.
- ○ Très bien, très bien. À toi, Monique.
- ● Bon, à moi, attendez. Euh… oui ça y est j'en ai un.
- ○ Alors c'est un homme ou une femme ?
- ● Un homme.
- ○ Un homme, euh…
- ◻ C'est un chanteur ?
- ● Non, pas du tout.
- ◆ Un politique ?
- ● Non plus.
- ○ Un sportif ?
- ● Oui.
- ◻ Et il fait du basket !
- ● Non.
- ○ Du tennis ?
- ● Oui.
- ◻ Federrer !
- ● Non. Il est pas suisse, il est espagnol.
- ○ Rafael Nadal.
- ● Ah ! Voilà !
- ◻ Oh ! C'est encore Philippe qui a gagné ?
- ◆ Ouais, bravo !
- ◻ Bravo.

PRÉPARATION À L'EXAMEN DU DELF COMPRÉHENSION DE L'ORAL

Piste 20 - Exercice 1
1.
Le vol BA839 de British Airways à destination de Manchester effectuera l'embarquement porte 5.
2.
Les passagers du vol AF915 d'Air France à destination de Paris sont priés de se présenter à la porte 12.

Piste 21 - Exercice 2
1.
Bonjour Fabien. C'est Philippe Dumont. Tu vas bien ? On joue bien au tennis demain soir ? Bon, je te rappelle, hein… À plus.

2.
- ● Excusez-moi Madame… je cherche l'école des trois tilleuls.
- ○ L'école des trois tilleuls… Ah oui ! C'est tout près… là-bas… vous voyez, au bout de la rue… sur la place de la Mairie.
- ● Ah oui, oui, oui, je la vois. Merci beaucoup !

3.
- ● Pardon, vous pouvez m'indiquer où se trouve la piscine ?
- ○ MMMMhhh ! Vous voyez l'arrêt de bus, là-bas ?
- ● Oui…
- ○ Eh bien, vous prenez la première à droite après l'arrêt et vous marchez 5 minutes ; la piscine est à droite, dans cette rue ; mais c'est loin…
- ● Ah ! Bien, d'accord ; merci. Au revoir.

Piste 22 - Exercice 3
1.
- ● Bonjour, euh, je prends ce livre-ci.
- ○ Oui… alors… *Notre-Dame de Paris*… Victor Hugo… Vous pouvez le garder pendant 15 jours.
- ● Oui, oui, je sais.
- ○ Voilà et bonne lecture.
- ● Merci ! Au revoir.

2.
- ● Alors… Prenez votre livre à la page 13, exercice 12.
- ○ Pardon Monsieur, quel exercice ?
- ● L'exercice 12, Sonia. Ah ! Vous n'écoutez pas, Mademoiselle !
- ◻ Marie, tu lis la première consigne, je te prie…
- ◻ Oui, Monsieur…

3.
- ● Bonjour. Je peux vous poser une question ? C'est pour une enquête.
- ○ Mmmh…
- ● Quel est votre chanteur préféré ?
- ○ Un chanteur français ?
- ● Oui.
- ○ Moi, j'aime bien Bénabar.
- ● Et vous avez quel âge ?

- ○ 32 ans.
- ● D'accord, merci.
- ○ C'est tout ?
- ● Oui, oui, c'est tout.
- ○ Ah bon, ben, au revoir.

4.
- ● Alors… la personne suivante, s'il vous plaît ?
- ○ C'est moi.
- ● Bonjour. Quel est votre nom ?
- ○ Da Silva.
- ● Et votre prénom ?
- ○ Jessica.
- ● D'accord ! Euh… votre adresse ?
- ○ 75 rue des Fleurs, à Paris.
- ● D'accord, vous avez un téléphone ?
- ○ Oui. 06 76 89 42 34.
- ● Et une adresse électronique ?
- ○ Euh… Je m'en souviens plus…
- ● Bon, ce n'est pas grave, ne vous inquiétez pas !
  Ah, j'oublie… vous êtes portugaise ?
- ○ Oui.
- ● Voilà ! Votre fiche est en ordre. Au revoir.
- ○ Au revoir.

Piste 23 - Exercice 4

1.
- ● Pardon Madame, comment dit-on « plaza » en français ?
- ○ Allons, David ! Vous savez ça, non ? Bon, qui le sait ?
- □ Moi, Madame ! « Plaza », c'est place en français.
- ○ Bravo, Elsa ! Allez, au travail maintenant ; vous avez cinq minutes pour terminer l'exercice.

2.
- ● Super ce film, tu trouves pas ?
- ○ Ouais, pas mal, mais, je n'aime pas Daniel Auteuil.
- ● Ah bon ! Ah, c'est marrant tiens ! Moi, je l'adore. Mais c'est qui alors ton acteur préféré ?
- ○ Ben, Johnny Depp.
- ● Ah bon ! Bof !

3.
- ● Bonjour, votre réservation et votre passeport, s'il vous plaît. Vous allez où ?
- ○ À Toulon !
- ● Bien Madame. Vous préférez fenêtre ou couloir ?
- ○ Couloir, si c'est possible.
- ● Voilà ! Embarquement à 11h20, porte A. Bon voyage, Madame !
- ○ Merci !

4.
- ● Alors votre nom, s'il vous plaît ?
- ○ Manier. M-A-N-I-E-R.
- ● Et… votre prénom ?
- ○ Alors, mon prénom, c'est Sandrine.
- ● Vous êtes de quelle nationalité ?
- ○ Je suis belge.
- ● Et votre langue maternelle est donc ?…
- ○ Le français, le français.
- ● Vous parlez aussi d'autres langues ?
- ○ Oui, néerlandais et anglais.
- ● Couramment ?
- ○ Oui, oui, néerlandais couramment et anglais assez bien.
- ● Bon, très bien.
- ○ Alors, c'est tout ?
- ● Oui, c'est tout. On vous appellera.
- ○ Ah bon ! Ah bon ! Merci. Au revoir.

UNITÉ 5

Piste 24 – 4B
1. Trois heures vingt-cinq.
2. Neuf heures cinq.
3. Huit heures moins le quart.
4. Neuf heures moins cinq.
5. Six heures vingt.
6. Cinq heures et quart.
7. Deux heures moins dix.

Piste 25 – 4C
1. Vingt et une heures quarante-cinq.
2. Treize heures trente-cinq.
3. Huit heures quarante.
4. Dix-sept heures trente.

Piste 26 – 7A
1. Je n'me rase pas.
2. Souvent, j'me couche avant dix heures du soir.
3. Ce soir on s'couche tôt parc'que demain on s'lève à six heures.
4. Tu m'dis toujours tout c'que tu penses ?
5. J'me lave les dents après chaque repas.

Piste 27 – 8C
Bonjour, je m'appelle Claire et je suis professeure de lycée. En général, je me lève vers 7h00 pour être au lycée à 8h00. Les cours commencent à 8h10 et durent jusqu'à 12h30.
Tous les jours, je déjeune à la cantine du lycée entre 12h30 et 13h30 et, si j'ai cours l'après-midi, je recommence déjà à 14h00. Dans ces cas-là, je termine à 16h30, sauf le mercredi après-midi où personne n'a cours.
À la maison, on dîne vers 20h00 et je vais me coucher vers 23h00.

Piste 28 – 9A
Alors ! Qu'est-ce que je fais le matin au réveil. Et bien, euh… alors d'abord mon réveil sonne à 6h00 et la toute première chose que je fais, c'est allumer la radio et préparer mon petit déjeuner. Euh… après, euh… donc je vais dans la salle de bain et euh… j'me rase, j'me lave les dents et j'prends une douche et puis j'm'habille. Et voilà et puis je pars au travail. Et voilà !

Piste 29 – 10B
- Dis donc, Manu, tu parles déjà bien le français ! Tu fais comment ?
- Ben… Je lis le plus possible en français.
- Tu lis quoi ?
- Euh… tout, euh… des revues, des journaux ; et puis j'écoute aussi la radio, je regarde la télé, des films…
- Et tu comprends tout ?
- Ah non ! Mais je n'essaie pas de tout comprendre : si je comprends le sens général, c'est bien ; c'est le but au début !
- Donc tu ne cherches pas les mots que tu ne comprends pas dans le dictionnaire ?
- Mais non, si je comprends le sens général, chercher dans le dictionnaire me fait perdre du temps et j'oublie ce que j'ai lu ; c'est idiot !
- Ah bon ! Je vais essayer.

UNITÉ 6

Piste 30 – 2A
- Regarde Séverine toutes les fringues que je trouve sur le net…
- Ah, pas mal ! Et qu'est-ce que tu vas acheter ?
- Ben… j'crois que j'ai plus de pantalon, plus de pantalon d'été. Regarde ce pantalon à fleurs… Il est génial et pas cher en plus.
- Attends Stéphane… mais tu vas pas porter un pantalon à fleurs quand même !
- Ben pourquoi ? Regarde le gris et le noir, c'est pas possible pour l'été, c'est trop sombre.
- Bon d'accord, le gris et le noir mais regarde le blanc c'est bien, le blanc c'est une couleur d'été.
- Mmmh… le blanc… ben c'est trop classique.
- Ah c'est sûr, c'est plus classique que le pantalon à fleurs, en tout cas.
- Oui peut-être, mais moi, j'aime bien les fleurs…
- Mais regarde… euh… si tu mets une chemise noire sur le pantalon blanc et ben je sais pas moi, t'es très élégant.
- Et tu aimes ça, toi, les garçons élégants ?
- Eh ben oui !… Moi j'aime bien que tu t'habilles bien de temps en temps. Et puis en plus, tu vois cette chemise noire, elle a des manches courtes. Donc, tu n'vas pas avoir chaud et puis euh… elle est pas chère.
- Bon et je mets quel pull avec tes vêtements élégants ?
- Ben, je sais pas. Regarde, tu en as quatre ici, tu peux choisir n'importe lequel.
- Le pull rouge à capuche, je suppose ?
- Ben oui, pourquoi pas !
- Écoute Séverine, tu exagères ! D'un côté euh… tu m'dis d'acheter un pantalon et une chemise élégante et il faut que je m'achète un pull ridicule, à capuche en plus ; et qui est très cher…
- Oh, écoute, zut à la fin… Tu m'demandes mon avis et tu m'écoutes pas. Vas-y, achète c'que tu veux…
- Bon eh bien, j'me décide tout seul. Je vais donc prendre le pantalon à fleurs, oui à fleurs, 28 euros… plus la chemise blanche en lin qui coûte 20 euros… pas chère… et… pour le pull… le pull… fuff… je sais pas moi… avec les fleurs… le vert… c'est bien, c'est comme dans la nature… le pull vert oui… c'est bien pour l'été… En plus il est pas cher non plus, 28 euros. Donc, ça nous fait au total : 28 + 20, 48… + 28 pour le pull … 76, 76 euros… ça va non ? Ok ! Donc je clique ici et ça y est…

Piste 31 – 3B
- Allô, Sophie ?
- Oui ?
- Salut ! C'est Géraldine.
- Ah, salut Géra. Tu arrives demain, non ? À quelle heure ?
- Oui demain ; j'arrive à la gare à 19h30.
- Bon, ben on vient te chercher.
- D'accord merci ; c'est très gentil. Mais dis-moi, là, je suis en train de faire ma valise : il fait quel temps à Saint Trop ? Il fait beau ?
- Ouais, il fait super beau !
- Bon, parce que tu sais à Paris, il pleut et il fait 15 degrés.
- Oh, ici, il fait près de 30 degrés.
- Pour moi, c'est super ! Et qu'annonce la météo ?
- La météo annonce du beau temps pour la semaine prochaine, il va faire très chaud.
- Alors j'emporte mon maillot, mes petites robes et mes lunettes de soleil…
- Et n'oublie pas ta crème solaire.
- Non, d'accord… À demain !
- À demain, Géra. Bisous.
- Bisououououu.

Piste 32 – 4D
1.
Un sac gris   des sacs gris
Une chemise grise   des chemises grises

2.
Un bonnet vert   des bonnets verts
Une robe verte   des robes vertes

3.
Un manteau rouge   des manteaux rouges
Une jupe rouge   des jupes rouges

4.
Un pull noir   des pulls noirs
Une chemise noire   des chemises noires

UNITÉ 7

Piste 33 – 3A
- Et pour ces messieurs-dames ?
- Mmm, comme entrée, j'hésite… Quelle est l'entrée du jour ?
- Aujourd'hui, nous vous proposons une salade au fromage de chèvre chaud.
- Euh… d'accord… ben je vais plutôt prendre le foie gras !

Transcriptions des enregistrements et du DVD

▫ Eh bien, moi, les escargots, comme cela nous pourrons goûter les deux…
● Très bien : un foie gras et des escargots… et comme plat ?
○ Alors, dites-moi, c'est quoi la blanquette de veau ?
● Ah, c'est de la viande de veau avec des champignons de Paris dans une sauce blanche ; c'est délicieux, Monsieur.
▫ Et le steak tartare ?
● C'est une viande de bœuf hachée et crue, servie avec un œuf, des petits oignons, des herbes et de la mayonnaise… et vous préparez votre plat vous-même.
▫ Ah, de la viande crue, non merci.
○ Et bien moi, je vais goûter. Pour moi, un steak tartare.
▫ Et moi, je ne sais pas trop…
● Je peux vous proposer notre plat du jour, c'est du poisson, du filet de colin au four sur un lit de pommes de terres.
▫ Allez, je vais prendre le poisson, je vais goûter !
● Bien ! Un plat du jour et un tartare. Et comme boisson ? Un petit verre de vin ?
○ Oui, bien sûr, un bon petit vin français.
● Un vin rouge, un vin blanc ?
○ Bon, avec les escargots et le foie gras, nous prendrons un verre de Bourgogne ; puis avec le plat, euh… pouvez-vous nous apporter un Bordeaux ?
● Bien sûr, Monsieur. Une bouteille ?
○ Non, une demi-bouteille, s'il vous plaît.
● Très bien, messieurs-dames.

Piste 34 – 8A
1. restaurant – piquant – saignant – santé
2. vin – romarin – pain – tatin
3. boisson – melon – bon – saumon

Piste 35 – 8B
1. paix – peine – pain
2. beau – bonne – bon
3. taux – tonne – thon
4. A – anne – an
5. ses – saine – sain
6. raie – reine – reins

Piste 36 – 8C
1. Voulez-vous du pain ?
2. Voulez-vous du vin blanc ?
3. Voulez-vous du poisson ?

Piste 37 – 9B
● Uff… Eh ben, c'est lourd hein… toutes ces courses. Allons, on va ranger ça. Voyons si j'ai tout pour mon entrée… Oui, ok ! Tout est sous contrôle pour l'entrée, tout va bien. Alors, mon plat principal… Ah non, non, non, non, c'est pas vrai, faire un poulet maringo sans poulet. J'ai oublié le poulet ! Mais tu es vraiment stupide, hein, ma fille. Alors, voyons, tant qu'on y est, tant qu'on y est, voyons si j'ai tout pour le dessert. Eh ben non ! Et ben, y'a pas de crème fraîche et y'a pas de sucre. Donc, j'ai aussi oublié la crème fraîche et j'ai aussi oublié le sucre. Donc, pas d'poulet, pas d'crème fraîche et pas d'sucre. Bon, ben, zut hein… je redescends au supermarché.

UNITÉ 8

Piste 38 – 2B
● Bonjour Madame!
○ Bonjour! J'ai lu votre bilan de compétences et j'aimerais vous poser quelques questions supplémentaires.
● D'accord !
○ Vous avez fait des études littéraires, n'est-ce pas ?
● Oui, tout à fait !
○ Et quelles sont les matières que vous appréciez ?
● Le français, l'histoire et les langues. Par contre, je déteste les mathématiques !
○ Ah ! Et que faites-vous dans votre temps libre ?
● J'aide ma mère, je m'occupe de mes petits frères, je suis inscrite au club de théâtre du village et j'adore ça !
○ Et les nouvelles technologies ? Vous passez du temps sur Internet ?
● Ah non ! Moi, ce qui m'intéresse, c'est le contact avec les gens. Je ne comprends pas ces gens qui s'enferment des heures devant un ordinateur… Je préfère voyager, découvrir d'autres cultures…
○ Vous parlez plusieurs langues alors ?
● Ah oui ! Je suis plutôt douée pour les langues. Je parle couramment anglais et espagnol.
○ Et si vous deviez vous définir en 3 mots ?
● Ben… sociable, généreuse et assez organisée.
○ Ah, d'accord, très bien. Une dernière question…

Piste 39 – 3B
Mesdames et messieurs, bonsoir.
Au sommaire de notre journal de ce soir…
- Pas de victimes lors de l'atterrissage de l'Airbus A320 hier soir sur l'eau glacée de la rivière Hudson ;
- Pas de problèmes non plus pour les deux pilotes amateurs qui ont atterri dans un pré anglais pour déjeuner ;
- En revanche, condamnation des deux personnes arrêtées par la police du Valais pour le vol de trente-deux cloches de vaches ;
- Fête au village de Daniel Bocuze qui est entré dans le livre des records, hier.
Mais avant de développer ces informations, signalons que le projet annoncé par la SNCF hier soir de faire payer les toilettes dans les trains n'était qu'un… poisson d'avril !
Passons donc maintenant aux nouvelles sérieuses…
Pas de victimes donc…

Piste 40 – 5A

j'	ai	fait	je	suis	venu
tu	as	fait	tu	es	venu
il	a	fait	il	est	venu
nous	avons	fait	nous	sommes	venus
vous	avez	fait	vous	êtes	venus
ils	ont	fait	ils	sont	venus

Piste 41 – 5B
1. ils sont venus
2. elles ont appris

3. ils sont partis
4. ils ont acheté
5. elles sont restées
6. elles ont déjeuné

Piste 42 – 7A
○ Alors, comme ça, tu es d'Paris, toi aussi ?
□ Non, moi je n'suis pas de Paris, euh… je suis bretonne.
○ Tu es bretonne !
□ Ben, oui, j'suis bretonne. Pourquoi ?
○ Oh, moi aussi !
□ C'est pas vrai.
○ Oui, oui. Tu es d'où ?
□ Alors moi en fait, je suis née à Fougères.
○ À Fougères, ah, moi je suis né à Vannes.
□ Ah ben ! On est plus ou moins voisin !
○ Oui, presque. Et tu as étudié où comme ça ?
□ Alors en fait, j'ai étudié à la fac de Rennes, euh… j'y suis restée pendant quatre ans.
○ Ah ! D'accord. Ben, moi aussi, j'ai fait mes études à Rennes…
□ Hum, hum…
○ Pendant quatre ans aussi. Et après, je suis parti à Londres.
□ Et ben, moi aussi.
○ C'est pas vrai !
□ Je suis partie à Londres pendant un an.
○ Et bien, comme moi. Et après je suis parti à Madrid.
□ À Madrid ! Eh bien, tu vois, moi l'Espagne je n'connais pas du tout. Je n'y suis jamais allée.
○ Ah ! Bien, écoute… je vais souvent en Espagne… tu veux… enfin… on… peut aller ensemble là-bas si tu veux pour les vacances.
□ Ah ben ! C'est gentil ! Ben, j'vais demander à mon copain, Stéphane, et puis on pourrait y aller tous les trois. Ça pourrait être sympa !
○ Euh… oui, bien sûr. Oui, oui, oui.

TRANSCRIPTIONS DU DVD

UNITÉ 2
Le monde d'Hélène

– Salut tout le monde.
– Salut Romain !
– Salut Hélène !
– Ça va ?
– Ouais et toi ?
– Ouais. Tu as passé une bonne soirée ?
– Ça va, ouais.
– Bien. Euh…
– Et toi ?
– Ben oui écoute, ça va.
 Ça va JB ?
– Ça va, ça va.
– Ouais. On peut regarder euh… ensemble ce euh… plan puisqu'il y a le client qui vient tout à l'heure. Tu peux me montrer ce qui a changé… du nouveau… des derniers éléments.
– D'accord.
– Bon ben merci. À tout à l'heure.

– Bonjour, Hélène. Vous allez bien ?
– Et vous ?
– Oui, très bien, merci.
– Est-ce que vous voulez un café ?
– Avec plaisir.
– Oui ?
– Avec plaisir.
– Bon, je vais le chercher. Je vous laisse vous installer.
 Je vous ai sorti le plan, vous pouvez le consulter déjà.

– Super.
– Je vous raccompagne ?
– Non, ça va aller.
– Ça va aller ?
– Merci beaucoup.
– Ben de rien, au revoir.
– Merci.
– Je vous souhaite une bonne journée.
– Merci, merci, au revoir.
– Merci, au revoir. À bientôt !

– Salut Marion.
– Salut !
– Ça va ?
– Ouais et toi ?
– Ouais.
– T'as passé une bonne journée ?
– Fatigante. Beaucoup de travail, mais très bien. Et toi ?
 Bien, fatigant aussi.

UNITÉ 3
Sur les pas d'Émilie

Bonjour, je m'appelle Émilie, j'habite à Paris et je vais vous présenter mon quartier.
Je viens souvent dans ce café pour écrire des cartes postales et après je vais à la Poste qui est juste à côté et je les mets dans la boîte aux lettres.
Le métro est derrière moi, entre le café où j'écris mes cartes postales et la rue commerçante où je fais mes courses et où il y a une très très bonne boulangerie.
Ça va faire du bruit !
Il y a beaucoup de boulangeries dans mon quartier, mais celle-ci c'est la meilleure chouquette.
Il y a de très belles fleurs chez le fleuriste en bas de chez moi. Je lui achète souvent des roses.
Après avoir vu un bon film au cinéma, c'est agréable d'être au bord de l'eau.

Transcriptions des enregistrements et du DVD

UNITÉ 4
Fan de

– Rock, car euh… c'est une musique qui déménage et une musique où on peut s'amuser tous ensemble.
– Oui, euh… moi, je préfère la musique classique à la musique rock, c'est ce que j'écoute.
– Ben ! J'aime bien le rock, voilà ! Parce que y'a plein de styles différents, parce que ça bouge, parce que c'est sympa ! Parce que j'aime bien, voilà !
– J'adore Michel Sardou !
– J'aime toutes les musiques mais le…, euh… vraiment la musique que j'aime, c'est Johnny Hallyday, mais, autrement j'aime bien tout. J'suis jeune.
– Michel est plus, euh… il est moins rock and roll quoi ! On va dire.
– Alors, ce que j'aime en musique, j'aime beaucoup la musique russe, j'adore Rachmaninov ! J'adore l'opéra italien, un peu l'opéra français quand il s'agit, par exemple, de *Carmen*.
– Moi, je suis très hétéroclite en ce qui concerne la musique, mais je suis très musique française, très musique années 80, très Johnny Hallyday, très Eddy Mitchell, toutes ces chansons-là, mais je ne m'interdis aucune, aucune musique. J'écoute toutes… toutes sortes de musiques.
– Rock, pop, jazz et classique.
– Moi, j'ai pas de style musical préféré, mais si je parlais d'un… d'un compositeur préféré, je parlerai de Jean Sébastien Bach.
– Oh ! Je suis un gros fan de Berlioz !
– Et la musique que j'aime bien, ben, ça serait la chanson française et pas la variété française, et euh… je sais pas, le rock, voilà !
– Vous êtes obligés de bouger, c'est… c'est… ça rentre dans votre corps, et… et ça vous fait remuer.
– Ah ! Moi, ça me transporte. Je pense que… on se… on se sent capable quand les gens chantent bien… on se sent capable d'être transporté par eux et on pense qu'on chante aussi.
– L'élévation et la… la force, l'énergie, l'euh… l'euphorie.
– J'aime pas vraiment le rap.
– Ah ! Ouais… la musique que je déteste en fait, c'est le rap quoi, parce que je comprends rien à ce qu'ils disent.
– Alors, je ne supporte pas tout ce qui est rock, comme Johnny Hallyday, par exemple.
– La musique que je supporte pas, euh… non y'en a pas non plus que je supporte pas mais j'aime pas beaucoup la variété française. Voilà !
– La valse !
– Moi, la musique que je ne supporte pas, ça serait le hard rock et euh… la variété française vraiment nulle, mais comme la variété nulle d'ailleurs.
– Je n'aime pas le hard rock, je ne comprends pas cette musique, je ne comprends pas les paroles de cette musique, je ne m'identifie pas à cette musique.
– Je n'aime pas la musique techno. Non, j'aime pas. Tous ces bruits métalliques et… trop, trop speed. Non ! C'est pas moi.
– J'aime toutes les musiques.
– J'aime toutes les musiques en fait.
– Même le hard rock, même la techno, même le dub, euh… le slam, j'adore, j'adore, vraiment ! C'est-à-dire que ces musiques-là, ça… ça va dépendre des moments. Ça va dépendre des moments… ça va dépendre des gens avec qui je serai, ça va dépendre de ce que je vais faire aussi, de ce que je vais être en train de faire.
– Le rock and roll.
– Rock.
– Le jazz et la musique classique.
– Ou la variété française.
– Le jazz et le classique.
– La musique russe.
– La musique française.
– Le rock and roll.

UNITÉ 5
Zen au quotidien

Je suis Gérard Geisler, j'habite dans le quinzième arrondissement à Paris et… je travaille, dans la, dans l'enseignement du Qi Gong, donc c'est un art euh… pas un art martial mais c'est une sorte, une forme de gymnastique, euh… chinoise, hein, mais qui est différente de la gymnastique occidentale, c'est-à-dire qu'elle prend en compte la nature, elle prend en compte une philosophie chinoise à l'intérieur de cette gymnastique et qui permet d'équilibrer le corps, qui permet d'enlever toutes les tensions de la vie moderne.
Alors les élèves, euh… j'essaie euh… de, simplement de leur faire ressentir leur corps. Parce que le Qi Gong c'est quoi, c'est un art de sensation, hein, euh… on cherche pas à atteindre un but en fait. On essaie d'écouter son corps au maximum, d'être ouvert sur son corps.
Ce qui est important, c'est de pouvoir aider les personnes à régulariser leur énergie. Souvent, les gens, à cause de la vie moderne, euh… ils sont tendus, ils dorment mal, euh… ils mangent trop rapidement, euh… ils courent tout le temps et y'a un gros problème c'est… ils ont trop d'informations, ils reçoivent beaucoup trop d'informations.
Ah ! En général, je me lève vers 7h30, euh… je vais à la cuisine pour préparer le petit déjeuner macrobiotique parce que nous sommes… nous utilisons la macrobiotique au niveau des aliments. En général, vers 9h00, je, je commence à faire euh… des exercices de yoga de façon à assouplir particulièrement mon bassin. Donc je fais du yoga à peu près pendant 40 minutes, tous les jours. Ensuite, généralement, je sors euh… soit dans un parc, soit pour faire des courses. J'achète toujours des légumes et des fruits locaux cultivés à côté de là où on vit parce que la macrobiotique demande qu'on ait des fruits et des légumes qui sont proches de l'endroit où on vit.
J'utilise le vélo parce que c'est un moyen écologique, c'est un moyen qui ne pollue absolument pas la ville et j'ai vraiment l'impression de protéger les parcs, de protéger les arbres de Paris quand je roule en vélo.
Euh… les gens euh… devraient plus rouler en vélo parce que ça permettrait de, de rendre la vie plus belle. Donc, c'est une façon pour moi d'embellir un peu la vie de prendre mon vélo.

UNITÉ 6
Chiner à Bruxelles

– On est au marché aux puces de Bruxelles, vieux marché, très ancien, un des rares, si pas le seul à être ouvert, je crois, tous les jours de l'année.
– Mon métier est de vendre des objets anciens, qui quelquefois sont des antiquités, quelquefois se rattachent plus à la brocante.
– Alors justement, comment est-ce qu'on doit vous appeler ?
– On hésite, on balance entre antiquaire et brocanteur, quelquefois décorateur quand les objets qu'on parvient à trouver ne rentrent ni dans une catégorie ni dans l'autre.
– Qu'est-ce que, vous, vous recherchez en particulier dans ce genre d'endroit ?
– Euh… tout et rien, tout et rien, euh… on doit avoir l'œil intéressé et euh… ça peut être une lampe, ça peut être une table… Vraiment, on essaie de repérer ce qui a une certaine valeur marchande dans ce grand… dans ce grand fatras. Les objets ont des vies multiples. Oui, oui, oui, oui. Elles vi… elles… elles sortent du marché aux puces pour aller en général dans des magasins qui sont en général aux alentours. On peut faire un petit tour. Je peux vous montrer si vous voulez… Alors là, on est chez mon ami Stéphane, spécialisé en objets de décoration, en détournement d'objet puisqu'il, euh… il va, disons, recycler des objets, qui étaient normalement destinés à être un peu oubliés, en objets de décoration. Comme, par exemple, ces bacs de rangement ou bien ces vieilles motos ou encore des seaux de pompier anciens et ça peut prendre un peu toutes les directions. Tout ce que l'on a chez soi peut un jour avoir sa place peut-être chez moi. Oui, oui, oui, oui, bien sûr.
– La clientèle est belge en majorité, mais les gros clients sont souvent américains, japonais et nouvellement coréens. Ils cherchent tous des objets et des meubles très différents. Le métier a donc encore de beaux jours devant lui !

UNITÉ 7
Les secrets du Roquefort

Messieurs-dames, bonjour, bienvenus chez Société pour la visite de nos caves. Je m'appelle Chantal, je vais vous accompagner sur cette visite où je vais vous faire découvrir le roquefort.
Alors, vous devez vous demander : à Roquefort et pourquoi pas ailleurs. Eh bien tout le mystère réside dans cette montagne.
Il y a un million, un million cinq cent mille ans, la montagne s'est affaissée, ce qui a donné naissance à un immense chaos et, dans ce chaos, vous allez avoir tout un système de failles, que l'on appelle ici des fleurines. Alors ces fleurines vont communiquer avec le flanc de la montagne, nous sommes plein nord. Lorsqu'il pleut, le calcaire laisse pénétrer l'eau, c'est ce qui va donner un taux d'humidité constant, 90 à 95% d'hygrométrie dans ces caves, toute l'année et une température fraîche, soit 8 à 10° C quelle que soit la saison.
Et c'est grâce à ces conditions qu'un champignon a pu se développer, le Penicillium Roqueforti, qui viendra transformer le simple caillé de brebis en roquefort.
Mais les caves doivent obligatoirement se situer dans cette commune de Roquefort-sur-Soulzon, dans un périmètre bien déterminé, fixé par l'appellation d'origine contrôlée, soit seulement deux kilomètres de long, trois cents mètres de large et trois cents mètres de profondeur. En dehors, c'est strictement interdit. Tout ce qui concerne la mise en forme du fromage se fait en laiterie, ce qui consiste à faire le caillé, l'égouttage et le salage. Ensuite, transfert du fromage en cave à Roquefort pour l'affinage.

UNITÉ 8
Ici et là-bas

Je m'appelle Valente Gaspard et je suis né à Tunis et… mes parents…, mon père était sicilien, donc il venait de Marsala, et ma mère est d'origine grecque. J'ai… j'ai, j'ai passé mon enfance à Tunis dans… dans un milieu français, euh… j'allais à l'école française et… ma foi jusqu'à l'âge de 16 ans, et puis comme j'aimais pas tellement l'école, j'ai quitté l'école à l'âge de 16 ans pour essayer de travailler. Donc, j'étais rentré dans un endroit pour apprendre euh… j'étais apprenti dans un magasin de, de radio, donc je faisais le technicien radio, ma foi et… au bout de quelque temps, je me suis retrouvé encore au chômage et puis là, j'étais là et il fallait que je fasse quelque chose et… et j'ai passé un examen, un examen psycho-technique et qui m'a permis de venir en France à une école française, euh… dans le nord.
Alors mes parents, le jour du départ, sont venus me conduire, y'avait tout le monde, y'avait mes parents, mes parents, mon père, ma mère, mes sœurs… sont venus me conduire au bateau.
Euh… une fois que je suis allé vers Marseille, euh… j'ai attendu ma correspondance et j'ai pris le train pour Paris, pour aller dans le nord parce que j'ai… j'allais dans une école à Amiens. J'ai passé, euh… tout… pendant six mois euh… le temps de mon stage euh… à apprendre monteur en chauffage. J'ai quitté euh… la maison de Montereau chauffage, euh… la firme et euh… c'était pour travailler sur les métros et ma foi, j'ai appris le métier de… dans les chantiers, de… de faire des installations, des… des immeubles, des… ça fait que je suis monté en grade. Et petit à petit, ma foi ma vie, elle a évolué et j'ai gagné plus d'argent, j'ai eu des promotions, euh… euh… je me suis marié, j'ai créé une famille, j'ai, j'ai travaillé énormément avec ma femme pour essayer de construire quelque chose, hein… Bon… On a construit quelque chose et puis ma foi, euh… maintenant ma vie est ici, je ne pourrais plus m'adapter ailleurs, du fait quand même que ça fait quand même plus de 60 ans que je suis là.

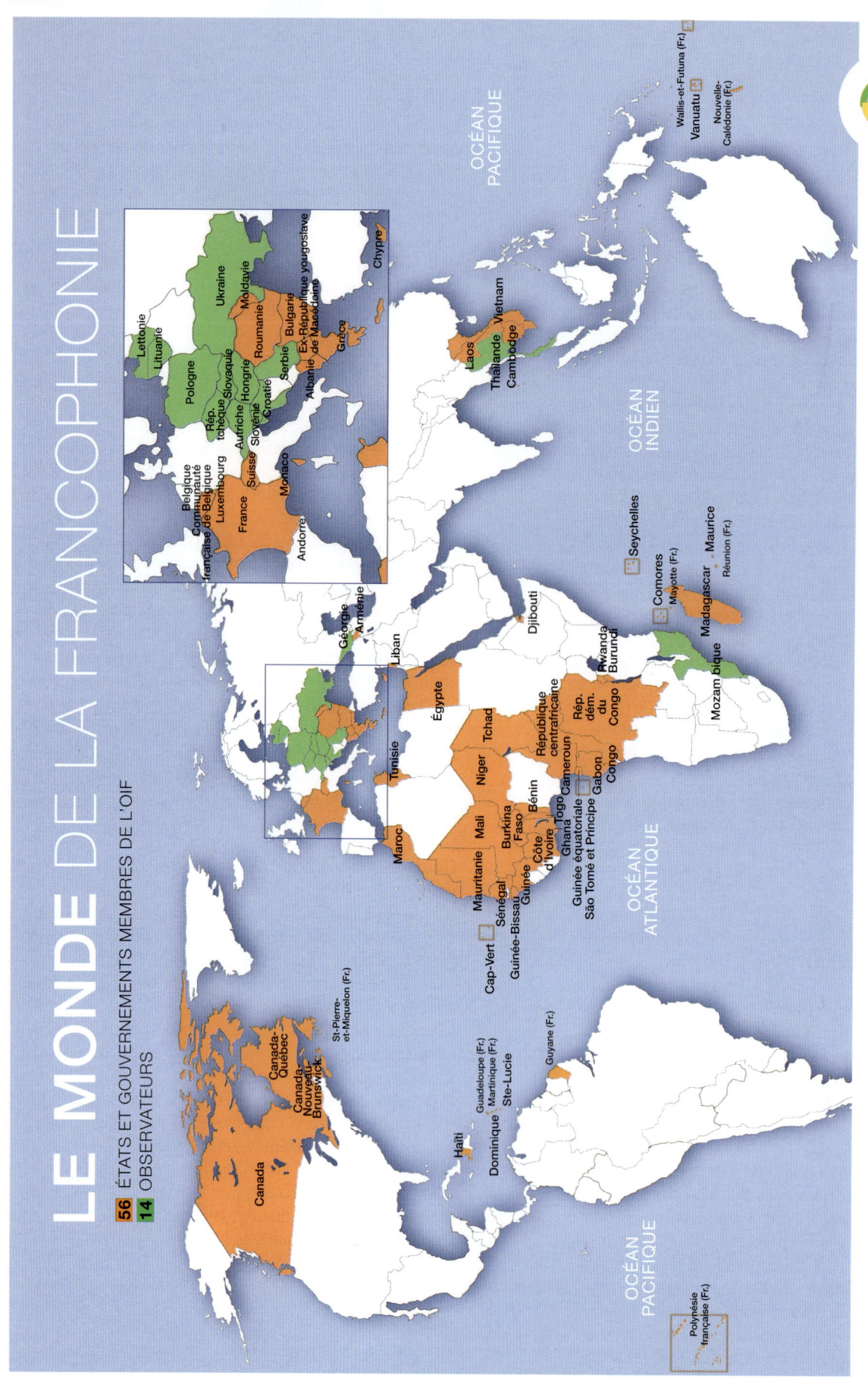

Cartes

LE MONDE DE LA FRANCOPHONIE

56 ÉTATS ET GOUVERNEMENTS MEMBRES DE L'OIF
14 OBSERVATEURS

Encart Europe :
Lettonie, Lituanie, Pologne, Ukraine, Moldavie, Rép. tchèque, Slovaquie, Autriche, Hongrie, Roumanie, Slovénie, Croatie, Serbie, Bulgarie, Albanie, Ex-République yougoslave de Macédoine, Grèce, Chypre, Belgique, Communauté française de Belgique, Luxembourg, France, Suisse, Monaco, Andorre

Afrique / Moyen-Orient :
Maroc, Tunisie, Égypte, Mauritanie, Mali, Niger, Tchad, Sénégal, Cap-Vert, Guinée-Bissau, Guinée, Burkina Faso, Côte d'Ivoire, Ghana, Togo, Bénin, Guinée équatoriale, São Tomé et Principe, Cameroun, République centrafricaine, Gabon, Congo, Rép. dém. du Congo, Rwanda, Burundi, Djibouti, Liban, Géorgie, Arménie

Océan Indien :
Seychelles, Comores, Mayotte (Fr.), Madagascar, Maurice, Réunion (Fr.), Mozambique

Asie / Pacifique :
Laos, Thaïlande, Vietnam, Cambodge, Wallis-et-Futuna (Fr.), Vanuatu, Nouvelle-Calédonie (Fr.), Polynésie française (Fr.)

Amériques :
Canada, Canada-Québec, Canada-Nouveau-Brunswick, St-Pierre-et-Miquelon (Fr.), Haïti, Guadeloupe (Fr.), Dominique, Martinique (Fr.), Ste-Lucie, Guyane (Fr.)

OCÉAN PACIFIQUE — OCÉAN ATLANTIQUE — OCÉAN INDIEN

ORGANISATION INTERNATIONALE DE la francophonie

L'Organisation internationale de la Francophonie est une institution fondée sur le partage d'une langue, le français, et de valeurs communes.

Elle rassemble **56 États et gouvernements membres** et **14 observateurs** totalisant une population de **870 millions**. On recense **200 millions** de locuteurs de français dans le monde.

152 | cent cinquante-deux

LA FRANCE MÉTROPOLITAINE

- Limite d'État
- Limite de région
- Limite de département
- ■ Capitale
- ● Chef-lieu de région
- • Chef-lieu de département

Échelle : 0 — 50 — 100 km

ÎLE-DE-FRANCE

CORSE
HAUTE-CORSE — Bastia
CORSE-DU-SUD — Ajaccio
SARDAIGNE (ITALIE)

cent cinquante-trois | 153

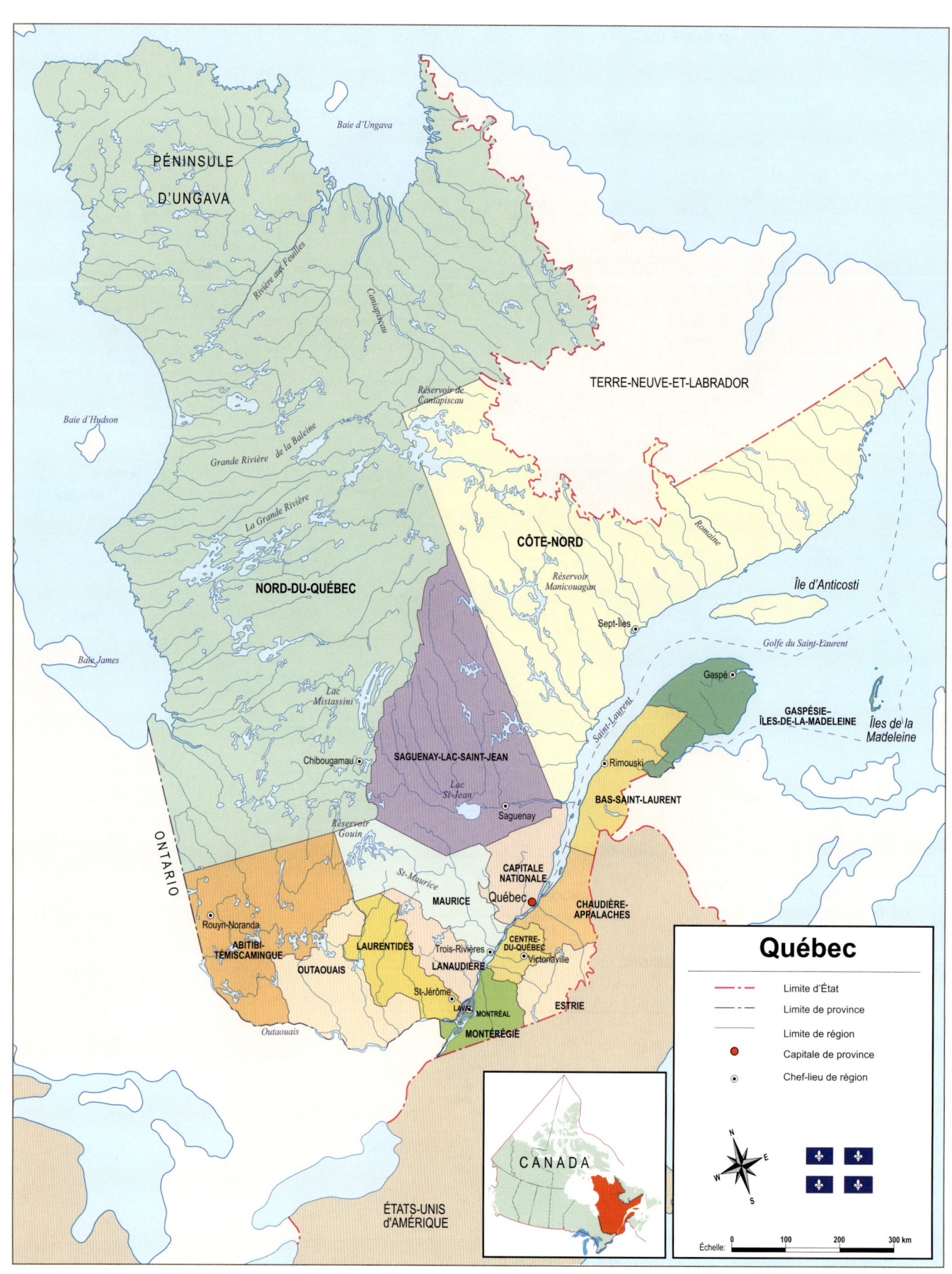

Cartes

154 | cent cinquante-quatre

cent cinquante-cinq | 155

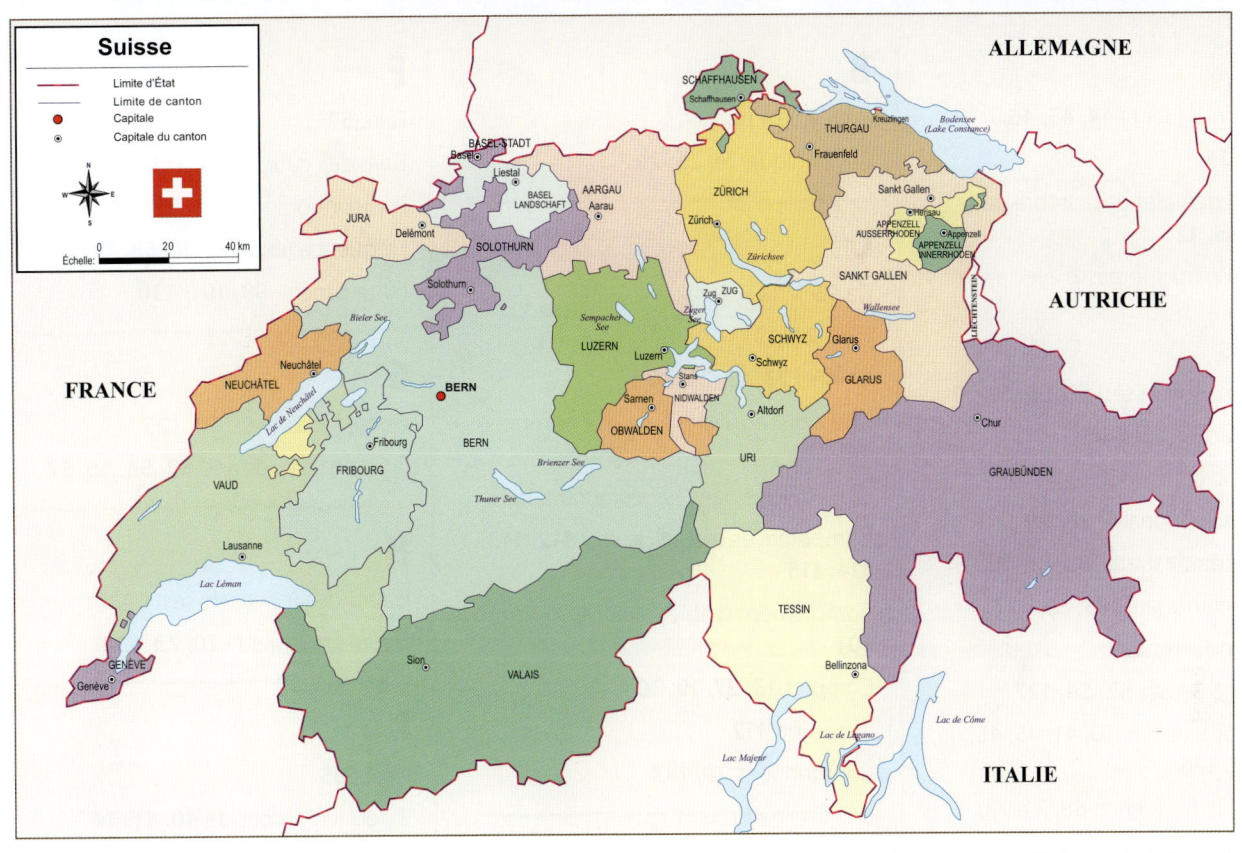

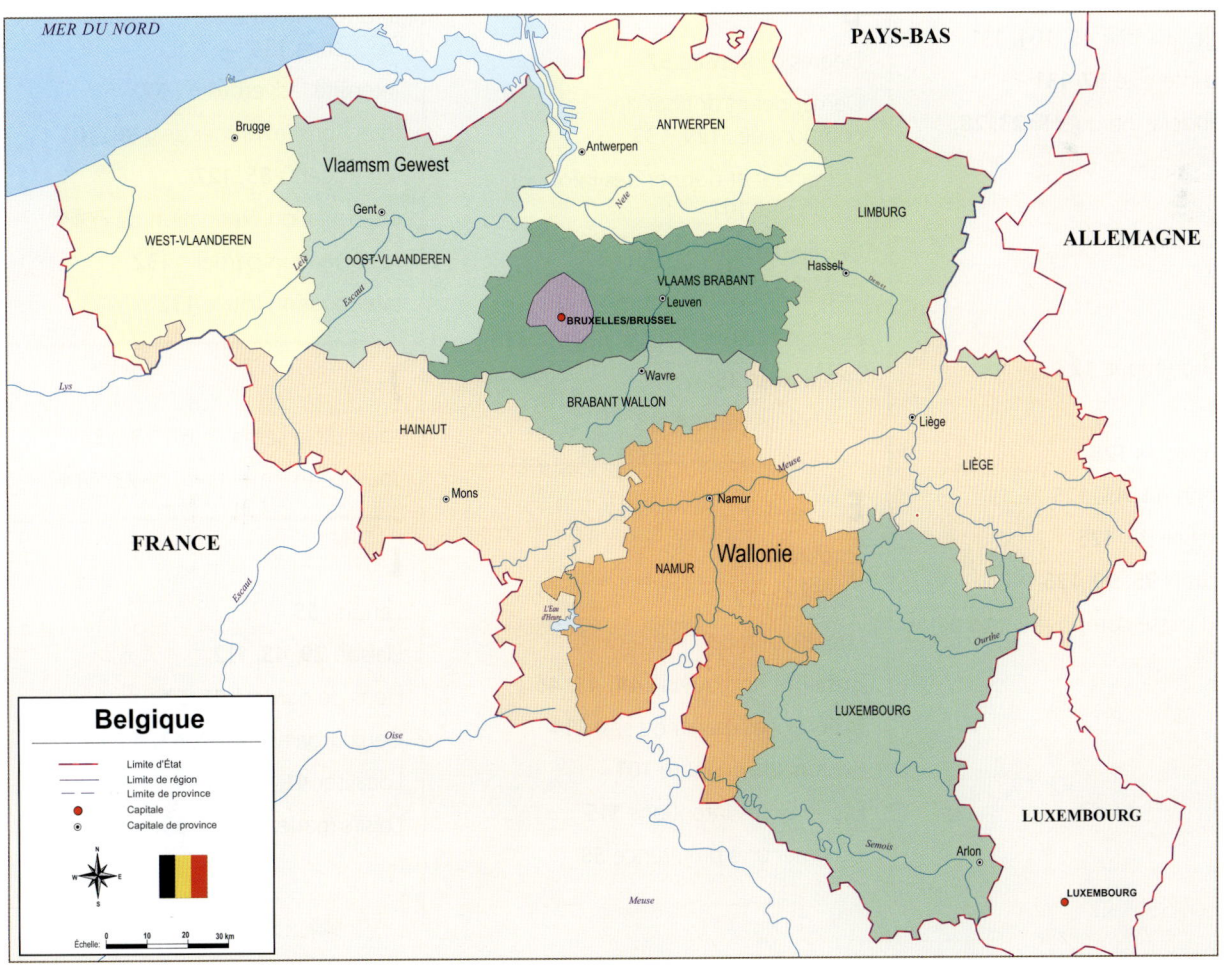

Index analytique

A

Absence (indiquer l') **44, 45, 46**

Accents **124**

Accord en genre et en nombre des adjectifs **85, 125**

Accord du participe passé avec avoir / être **13**

Acheter **85**

Activités (parler de ses) **53, 56, 57, 71**

Adjectifs (accord des) **85**

Adjectifs de couleur **82**

Adjectifs de nationalité **28, 29**

Adjectifs démonstratifs **83, 85, 128**

Adjectifs interrogatifs **83, 85, 127**

Adjectifs indéfinis **127**

Adjectifs possessifs **52, 54, 127**

Adjectifs qualificatifs **40, 41, 45, 46, 53, 57, 69, 126**

Adverbes de fréquence **68, 71, 73, 131**

Adverbes de quantité **45, 101, 131**

Adverbes d'intensité **57, 131**

Âge (demander / indiquer l') **23, 28, 29, 30**

Aimer **57**

Alimentation **99, 101**

Aller **73**

Alphabet **12**

Alphabet phonétique **123**

Année **134**

Articles contractés **125**

Articles définis **44, 45, 125**

Articles indéfinis **17, 125**

Articles partitifs **95, 99, 125**

Auxiliaire au passé composé (choix de l') **111, 113**

Avoir **29**

B

Bénévole **116, 117**

But (indiquer le) **25, 29**

C

Ça **95**

C'est **24, 135**

Chiffres **23, 27, 29, 30**

Choix de l'auxiliaire au passé composé **111**

Commander dans un restaurant **101**

Compétences (parler de ses) **112, 113, 114, 115**

Complément d'objet direct (pronom) **101**

Compter **13, 27, 29, 30**

Connaître **112**

Coordonnées **29, 133**

D

Degrés d'intensité **57**

Demander et donner des coordonnées **129, 133**

Demander et donner des informations sur un plat **101**

Demander l'heure **73**

Demander un prix **84, 85, 135**

Démonstratifs (adjectifs) **83, 85, 128**

Différence **135**

Donner un prix **84, 85**

E

Entourage **57**

Épeler **13, 17**

Être **29**

Existence (indiquer l') **44, 45, 46**

Expériences (parler de ses) **114**

Exprimer la quantité **101**

Exprimer ses intentions **115**

Exprimer une préférence **55**

F

Faire **57**

Faire des courses **85, 135**

Francophonie **20, 21, 32, 33**

Fréquence (exprimer la) **68, 71, 73**

Futur proche **98, 101, 130**

G

Genre (accord en) **14, 125**

Goûts (parler de ses) **53, 54, 56, 57**

H

Habitudes (parler de ses) **68, 71**

Heure (indiquer l') **70, 73, 134**

I

Il est **135**

Il y a / il n'y a pas de **40, 41, 44**

Informer sur l'heure, le moment, la fréquence **134**

Intensité (adverbes d') **57**

Intentions (exprimer des) **98, 101**

Interrogatifs **85, 127**

Interrogation (intonation de l') **44**

Interrogation partielle **132**

Interrogation totale **132**

J

Jours de la semaine **67, 73, 134**

Journée (moments de la) **73, 134**

L

Langue **55**

Liaison **29, 45, 112**

Liens de parenté **51, 57**

Lieux urbains **39-42, 43, 44, 47**

Localiser **41, 43, 45**

Loisirs (parler de ses) **53, 56, 57, 71**

M

Marque **79, 88**

Marqueurs temporels du passé **11, 113, 135**

Météo **81, 85**

Moi aussi **72, 73, 135**

Moi non plus **72, 73, 135**

Moi si **72, 73, 135**

Mois **134**

Musique **54, 61**

N

Nationalité (demander / donner la) **23, 24, 29, 30**

Ne… jamais **56, 57**

Ne… pas **56, 57**

Négation au présent (place de la) **56, 57, 131**

Négation au passé composé (place de la) **113, 131**

Nombre (accord en) **14, 125**

Nombres **13, 27, 29, 30, 126, 127**

Noms de famille **12, 13, 28, 29**

Noms de profession **23, 24, 26, 28, 29, 30**

O

Objectif (indiquer l') **25, 29**

Organisateurs du discours : d'abord, ensuite… **74**

Oui, non, si **72, 73, 74**

P

Parler **55**

Parler de ses activités et loisirs **53, 56, 57, 59, 108, 109, 114, 115**

Parler de ses compétences **112, 113, 114, 115**

Parler de ses expériences **112, 113, 114, 115**

Parler de ses goûts **53, 54, 56, 57, 133**

Parler de ses habitudes **68, 71**

Parler de son histoire **112, 113, 114, 115**

Parler du caractère et de la première impression **133**

Participe passé (formation du) **110, 113, 130**

Participe passé (accord avec avoir : règle générale) **113**

Participes passés (accord avec être) **113**

Partitifs (articles) **95, 96, 125**

Pas moi **72, 73, 135**

Passé composé **110, 111, 112, 113, 130**

Possessifs (adjectifs) **52, 54**

Pour (but / objectif) **25, 29**

Prendre **85**

Prendre la commande **101**

Prénom **12, 13, 28, 32, 33**

Préposition de lieu **43, 45, 131**

Présence (indiquer la) **44, 45, 46**

Présenter **12**

Prix (demander / donner un) **84, 85**

Profession **23, 24, 26, 28, 29, 30**

Pronoms COD **17, 100, 101**

Pronoms personnels sujets **17, 128**

Pronoms personnels toniques **17, 128**

Prononciation **124**

Q

Qualifier (un lieu) **40, 41, 45, 46**

Qualifier (une personne) **53, 57, 69, 126**

Quantité (exprimer la) **45, 101**

Quartier **47, 48, 49**

Question (poser une) **44**

R

Ressemblance **135**

Ressources de la communication **17**

S

Saison **134**

Saluer **12, 17**

S'appeler **17**

Se coucher **73**

Se lever **73**

Semaine **134**

Situer un fait dans le futur **101**

Situer un fait dans le passé **108-113**

Style **86**

Sujets (pronoms personnels) **17**

T

Temps (parler du) **81, 85**

Travailler **29**

Tutoiement **15, 54**

U

Utiliser le dictionnaire **14**

V

Verbes à une, deux ou trois bases **57, 128, 129**

Verbes en -er **17, 26, 54, 57, 128, 129**

Verbes en -ir **129**

Verbes en -re **129**

Verbes en -oir **129**

Verbes pronominaux **68, 73**

Vêtements **81, 82**

Village **48, 49**

Ville **48, 49**

Vivre **45**

Vouvoiement **15, 54**

Version Originale • Méthode de Français
Livre de l'élève • Niveau 1

Auteurs
Monique Denyer, Agustín Garmendia, Marie-Laure Lions-Olivieri (Parties *Regards sur...* et *On tourne !*)

Comité de lecture et révision pédagogique
Christian Puren
Corinne Royer
Neus Sans

Coordination éditoriale
Lucile Lacan

Rédaction
Gema Ballesteros, Coryse Calendini, Lucile Lacan

Correction
Sarah Billecocq

Conception graphique, mise en page et couverture
Besada+Cukar

Illustrations
Pere Virgili
Roger Zanni

Documentation
Gema Ballesteros, Camille Bauer, Lucile Lacan

Enregistrements
Coordination : Coryse Calendini, Lucile Lacan
Studios d'enregistrement : Blind Records

DVD
Direction éditoriale : Katia Coppola, Lucile Lacan
Réalisation : Massimiliano Vana LADA film
Assistante de réalisation : Lyuba Dimitrova LADA film
Auteurs : Katia Coppola, Martin Geisler, Lucile Lacan
Directeur de production : Martin Geisler
Production exécutive : Karus Productions

Remerciements
Nous tenons à remercier toutes les personnes qui ont contribué par leurs conseils et leurs révisions à la réalisation de ce manuel, notamment Katia Coppola, Philippe Liria, Christian Ollivier et Detlev Wagner.

Cet ouvrage est basé sur l'approche didactique et méthodologique mise en place par les auteurs de *Aula* (Difusión, Barcelone)

© Photographies, images et textes.

Couverture Lyuba Dimitrova LADA film, García Ortega, Céline/flickr, Office du tourisme du Québec, Mircea Ostoia/flickr, Andy Wright/flickr, Alex De Carvalho/flickr ; **Unité 1** p. 10-11 Garcia Ortega, André Mouraux/flickr, Lyuba Dimitrova LADA film, Dan Taylor/flickr, Marja van Bochove/flickr ; p. 12 Garcia Ortega ; p. 13 Lyuba Dimitrova LADA film ; p. 16 Javier Andrade, Rivières et canaux du Midi–Maison de la France ; p. 18 Garcia Ortega, Brailean/Dreamstime.com, Olivier Bruchez/flickr, nico75/Fotolia.com, Sab/Fotolia.com ; p. 20 Organisation Internationale de la Francophonie, Office du tourisme sdu Québec, afloresm/flickr, Harshil Shah/flickr, Mircea Ostoia/flickr ; **Unité 2** p. 22 Gregory Costanzo/Getty Images, Thomas Barwick/Getty Images ; p. 23 Lyuba Dimitrova LADA film, p. 24 Bernard Benant © Barclay–un label d'Universal Music France, Valery Hache/AFP/Getty Image, Rocky Widner/ NBAE/Getty Images, François Guillot/AFP/Getty Images, Fred Dufour/AFP/Getty Images, Franck Danielson/WireImage, Attila Kisbenedek/AFP/Getty Images ; p. 25 Lyuba Dimitrova LADA film, Patrizia Tilly/Fotolia.com, Elnur/Fotolia.com, Lyuba Dimitrova LADA film, Eray Haciosmanoglu/Fotolia.com, claudio/Fotolia.com, Carlito/Fotolia.com, Albachiaraa/Fotolia.com, Dave Nagel/Getty Images ; p. 28 Lyuba Dimitrova LADA film ; p. 30 Mariló/Fotolia.com ; p. 32 Charles Hewitt/Stringer/Hulton Archive/Getty Images, Charles Edridge/Contributor/Hulton Archive/Getty Images, Ed Clark/Contributor/Time & Life Pictures/Getty Images ; Lyuba Dimitrova LADA film, Imagno/Contributor/Hulton Archive/Getty Images, Don Smetzer/Stone/Getty Images, Lyuba Dimitrova LADA film **Unité 3** p. 38-39, Martin Gesler, Lyuba Dimitrova LADA film ; p. 40 sylaf/flickr, Mypouss/flickr, Marc Lacoste/flickr, Marvelfrance/flickr, Stéphane Gallay/flickr, Thomas Nicholls /flickr, ElinB /flickr ; p. 41 Henrik Moltke/flickr, Andy Wright /flickr ; p.42, García Ortega, Olivier Bruchez/flickr, jon gos/flickr, Guilhem Vellut/flickr, soypocholapantera/flickr ; p. 43 Rene Ehrhardt /flickr, Agustin Garmendia, Kimon Berlin/flickr, Office du tourisme du Québec, Sam/flickr, camdoc3/Fotolia.com ; p. 46 Christian Heindel/flickr, Jean-David et Anne-Laure/flickr, Mircea Ostoia/flickr, Mike Knell/flickr, Arnaud Malon/flickr, p. 48 Céline/flickr, Bryce Edwards/Flickr, dynamosquito/flick, Tilio & Paolo/Fotolia.com, Gilles Paire/Fotolia.com, Lyuba Dimitrova LADA film ; **Unité 4** p. 52 Lucile Lacan, Jean-Claude Lother ; p. 53 Mark Aplet/Fotolia.com, Coka/Fotolia.com, grekopict/Fotolia.com ; p. 54 Lyuba Dimitrova LADA film ; p. 56 photodisc, p. 58 Joe Corrigan/Getty Images, D. Lippitt/Einstein/Getty Images, Hogan/Getty Images ; p. 60 Tony Barson /WireImag/Getty Images, David Hecker/ Getty Images, Denis Charlet/AFP/Getty Images, 2008 Tony Barson/WireImage, Valéry Hache/AFP/Getty Images, Francois Durand/Getty Images, François Guillot/Getty images, Pascal Pavani/AFP/Getty Images, AFP/Getty Images, Corbis/Cordon Press ; **Entraînement à l'examen du DELF A1** p. 63 Lyuba Dimitrova LADA film, Cooper/Fotolia.com, Karin Muller/sxc.hu, Lucile Lacan ; **Unité 5** p. 66- 67 Lyuba Dimitrova LADA film, Bongarts/Getty Images , Katia Coppola, Virgile Olivieri, Skogas/Fotolia.com ; p. 68 olly/Fotolia.com, p. 70 Lacroix/Fotolia.com, Benniwolf/Fotolia.com, gladkova/Dreamstime.com, Tuulum/Dreamstime.com, Nath Photos/Fotolia.com, Ichard Villalon/Fotolia.com, Alain Rapoport/Fotolia.com, BérengèreH/Fotolia.com, Yknups/Fotolia.com, Le3emeOeil/Fotolia.com, Chris Gaillard/Fotolia.com, Bruno Bernier/Fotolia.com, Alex De Carvalho/flickr, Drob/Fotolia.com, Julien Rousset/Fotolia.com, Sylvaine Thomas/Fotolia.com ; p. 74 Lyuba Dimitrova LADA film, fotodisc ; p. 76 Endobostock/Fotolia.com, Omar Bárcena/flickr, Chlorophylle/Fotolia.com, purestockx, edwin.11/flickr, Mike Fleming/flickr ; p. 77 Lyuba Dimitrova LADA film ; **Unité 6** p. 78 Prestige/Getty Images ; p. 80 García Ortega, Imagerymajestic/Dreamstime ; p. 81 Sébastien Garcia/Fotolia.com ; p. 82 García Ortega, Quayside/Fotolia.com ; p. 86 Collection Spring and Summer 2009 and Collection Fall and Winter 2009/2010 – Daniel Hechter Paris ; p. 88 Nimbus/Fotolia.com, xell42/flickr.com, Lyuba Dimitrova LADA film ; p. 89 OPINEL, Ets fondés en 1890 par Joseph Opinel, Mark Thompson/Getty Images ; **Entraînement à l'examen du DELF A1** p. 91 Evaletova/Dreamstime.com, kameel/Fotolia.com, Leonid Nyshko/Fotolia.com, Vadim Ponomarenko/Fotolia.com, Afa Irusta/Fotolia.com, Robert Ierich/Fotolia.com ; **Unité 7** p. 94 Danielle Bonardelle/Fotolia.com, Lyuba Dimitrova LADA film ; p. 95, mari/flickr, Lyuba Dimitrova LADA film, Monica Arellano-Ongpin/flickr, Savagecat/flickr ; p. 96 Losif Szasz-Fabian/Fotolia.com, Yana/Fotolia.com, Tomboy2290/Fotolia.com, Darren Hester/Fotolia.com, foto.fred/Fotolia.com, Olga Langerova/Fotolia.com, Yong Hian Lim/Fotolia.com, zuchero/Fotolia.com, Fotif/Fotolia.com, carlos Restrepo/Fotolia.com, carlos Restrepo/Fotolia.com, Aleksey Zaharov/Fotolia.com, Nikola Bilic/Fotolia.com, Zee Stranger/Fotolia.com, guy/Fotolia.com, David Marescaux/Fotolia.com, milosluz/Fotolia.com, Olga Shelego/Fotolia.com, dinostock/Fotolia.com, Photoeyes/Fotolia.com, Eldin Muratovic/Fotolia.com, guy/Fotolia.com, Giraldilla/Fotolia.com ; p. 97 Lucile Lacan, Lyuba Dimitrova LADA film; p. 98 Lyuba Dimitrova LADA film, Mercure/Fotolia.com ; p. 99 Olga Lyubkin/Fotolia.com, Gleb Semenjuk/Fotolia.com, Pac/Dreamstime.com, Galam/Fotolia.com, Com Evolution/Fotolia.com, Yann Layma/Getty Images ©Günter Beer, p. 99 Christophe Kirsch ; p. 104 Lyuba Dimitrova LADA film, Kentannenbaun/Dreamstime.com ; p. 105 Nimbus/Fotolia.com ; **Unité 8** p. 106 iofoto/Fotolia.com, Lyuba Dimitrova LADA film, Szefei/Dreamstime.com, Auremar/Fotolia.com, Charles Lantenois/Fotolia.com, Ernest Prim/ Fotolia.com, carmeta/Fotolia.com, enkedco/Dreamstime.com, Lucile lacan ; p. 108 García Ortega, p. 109 García Ortega ; p. 111 Archive Photos/Hulton Archive/Getty Images, Arnaldo Magnani/Getty Images Entertainment, Francois Durand/Getty Images ; p. 114 Lyuba Dimitrova LADA film ; p. 115 photodisc ; p. 116 Croix Rouge Française, Secours Populiare Français, Lyuba Dimitrova LADA film ; p. 117 Direction de la jeunesse, de l'éducation populaire et de la vie associative ; **Entraînement à l'examen du DELF A1** p. 119 Serge Ramelli/Fotolia.com ; **Cartes** p.152 Organisation internationale de la Francophonie ; p.153-154-155 Digiatlas

N.B : Toutes les photographies provenant de www.flickr.com, sont soumises à une licence de Creative Commons (Paternité 2.0 et 3.0)

Tous les textes et documents de cet ouvrage ont fait l'objet d'une autorisation préalable de reproduction. Malgré nos efforts, il nous a été impossible de trouver les ayants droit de certaines œuvres. Leurs droits sont réservés à Difusión, S. L. Nous vous remercions de bien vouloir nous signaler toute erreur ou omission ; nous y remédierions dans la prochaine édition.

Les sites Internet référencés peuvent avoir fait l'objet de changement. Notre maison d'édition décline toute responsabilité concernant d'éventuels changements. En aucun cas, nous ne pourrons être tenus pour responsables des contenus de liens vers des tiers à partir des sites indiqués.

© Les auteurs et Difusión, Centre de Recherche et de Publications de Langues, S.L., Barcelone, 2009
ISBN 978-85-61635-77-0
Imprimé en Brésil par Corprint
1re édition : Août 2010
Toute forme de reproduction, distribution, communication publique et transformation de cet ouvrage est interdite sans l'autorisation des titulaires des droits de propriété intellectuelle. Le non-respect de ces droits peut constituer un délit contre la propriété intellectuelle (art. 270 et suivants du Code pénal espagnol).

difusión
Français Langue Étrangère
C/ Trafalgar, 10, entlo. 1ª
08010 Barcelone (Espagne)
Tél. (+34) 93 268 03 00
Fax (+34) 93 310 33 40
fle@difusion.com
www.difusion.com

Éditions maison des langues
22, rue de Savoie
75006 Paris (France)
Tél. / Fax (+33) 01 46 33 85 59
info@emdl.fr
www.emdl.fr

martins Martins Fontes
Av. Dr. Arnaldo, 2076
01255-000 São Paulo SP
Tel.: (+55) 11 3116.0000
info@martinseditora.com.br
www.martinseditora.com.br